乳首を舌で転がされ、我慢できずに声が漏れた。
鼻にかかったねだるような喘ぎは、自分のものではないみたいだ。
「ここ、硬くなってる。可愛いな」
「や……ん、あ……っ」

夫婦恋愛

～野心家社長は最愛妻ともう一度恋をする～

御厨 翠

Vanilla文庫Miel

夫婦恋愛

野心家社長は最愛妻ともう一度恋をする

Contents

イラスト／八千代ハル

夫婦恋愛

～野心家社長は最愛妻ともう一度恋をする～

Sui Mikuriya
presents

プロローグ

志帆《しほ》は、そぼ降る雨の中を傘も差さずに呆然《ぼうぜん》と歩いていた。

濡《ぬ》れた服がべっとりと肌に纏《まと》わりつく。美しく艶のある黒髪も、風雨に乱された今は見る影もない。顔面は蒼白《そうはく》で、痛みを堪《こら》えるようにしてただ足を進めている。

（もう、限界）

どうしてこんなことになったのか。半年ほど前に結婚したときは、夢にも思わなかった。

夫は、最近急成長を遂げたSystem《システム》 Integrator《インテグレーター》の社長、四之宮大地《しのみやだいち》。いわゆるお見合い結婚というやつで、顔合わせを含めて三回ほど会っただけだったが、とんとん拍子に話は進んだ。

父が持ってきた縁談だったが、両親は『志帆の好きにしていい』と、結婚を強要することはなかったし、志帆自身も結婚に対する具体的なイメージが湧かなかった。何せ大学を卒業するまで恋愛のひとつもしてこなかったのだから、それも無理はない。

しかし、恋をしてみたい気持ちがあった。何よりも、現状維持ではいけないという想いが志帆に見合いを決意させた。見合い話を持ちかけられる前に彼と偶然会ったことがあり、その際に好感を持ったのも大きい。

『こんにちは、志帆さん。四之宮大地です』

見合いの席で顔を合わせた彼は、釣書よりもずっと素敵だった。スーツを隙なく着こなす大人の男性で、端整な顔立ちと低く落ち着いた声が印象的だった。

彼は、以前会ったことを覚えていてくれて、それがとても嬉《うれ》しかった。

『まさか、あのときの女性とお見合いするなんて。世間は狭いですね』

そう言って笑った顔は魅力的で、思わず見蕩《みと》れてしまったほどだ。

振る舞いもそうだが、大地はとても綺麗《きれい》な姿勢で正座をする人だった。物腰もやわらかく、男性が苦手な志帆にとっても話しやすい。年齢こそ十一歳離れていたが、そうとは思えないくらい自然体で接することができた。

一回目のデートで初めて異性と手を繋《つな》ぎ、二回目のデートでキスを経験した。そのころが、志帆の一番幸せな記憶だったかもしれない。

大人で紳士的に接してくれて、包容力がある大地。彼との結婚生活はきっと上手くいくと信じていた。

だが、大地は結婚式を境に変わってしまった。

何が原因だったのか、志帆にはわからない。ただ、自分を見る彼の目が、やけに冷えていることに気がついた。

最初は、結婚式で彼が緊張しているだけだと思った。式が終わって落ち着けば、彼もリラックスして笑顔を見せてくれるだろう、と。

けれど、それは楽観的な考えだった。なぜなら彼は、式後にようやくふたりきりになれたホテルの室内で、志帆に言い放ったのだ。

『安心しろ、きみを抱くつもりはない。結婚前にほかの男の子どもを仕込まれている可能性があるからな。それに、きみも俺に抱かれたくはないだろ』

なんのことを言われているのか、まったくわからなかった。

志帆は大地以外の男性と手すら繋いだことはなかったし、異性との接触を避けている。にもかかわらず、大地は志帆を疑っていた。それも、新婚夫婦の初夜の場で。

もちろん、誤解だと伝えた。けれど彼は聞く耳を持たず、志帆を残してホテルの部屋を出て行ってしまった。

幸せなはずの花嫁が、絶望に突き落とされた瞬間だった。

彼との初夜を想像し、ドキドキしていた自分が惨めで、その夜はキングサイズのベッドでひとり泣いた。

もしかして、結婚式で何か嫌な目に遭ったのか。それとも、本当はこの結婚に乗り気ではなく、わざと志帆を傷つけようとしたのか。いくら考えても、答えは見つからなかった。

翌朝に彼は何事もなかったように部屋に戻ってきたが、互いに言葉を交わすことがないまま新居へ向かった。

ふたりが住む家は、もともと彼が投資目的で所有していたマンションの一室で、都心の一等地にそびえ立つタワーマンションだ。

彼は、ふたりのことを決める際、些細《ささい》なことでも必ず意見を聞いてくれた。日用品から家具や家電、カーテンなどの購入にも志帆の好みを反映し、部屋の中は淡いグリーンで統一することになった。

『志帆さんとここに住むのが楽しみだよ』

一緒に部屋を見に行ったときに言われた言葉は、志帆の心を弾ませた。夫婦としていい関係を築いていけると、そう信じて疑わなかった。

それなのに、最悪の初夜になってしまった。大地の態度が豹変《ひょうへん》した理由も見当がつかず、志帆はただ困惑した。

新居に住むようになってからも、ベッドを共にすることはなかった。家にいるときの彼はずっと書斎にこもり、リビングにも顔を見せなかった。もちろん、夫婦の寝室にも。

だが、それでも志帆は希望を捨てていなかった。結婚前に聞いた食の好みを思い出し、朝晩と食事を作り続けた。

『大地さん、せめて朝食は食べないと身体に悪いです』

食べてもらえない食事を用意し続けて一週間経ったころ、勇気を出して彼に告げた。けれど、返ってきたのは心ない言葉。

『俺のことは気にしないでいい。きみはただ、好きなように生活してくれ。ただし、浮気だけは絶対に許さない』

冷ややかな台詞に、心の奥まで凍える気がした。

志帆はただ、大地と普通の家庭を築きたかった。自分の両親のように仲睦まじく、とまでいかずとも、その日あった出来事を話したり、結婚前にしたようにたまにデートができればそれでよかった。

それなのに、彼は夫婦生活を――いや、志帆の存在を拒絶した。

（どうしてわたしと結婚したの……？）

最初は彼も乗り気に見えた。いや、それは単に自分がそう思いたかっただけで、結婚したくはなかったのか。

答えの出ない問いが脳内に浮かんでは、志帆の心を蝕《むしば》んでいた。

彼の書斎に入るのを禁じられ、洗濯や掃除も断られたため、自分ひとりで暮らしているのと変わらなかった。

一日中誰とも話さないことも多く、どんどん表情が抜け落ちていく。趣味だった絵を描くことすら興味を失うほどに、身も心も疲弊していた。

このままでは、自分は駄目になってしまう。そう思った志帆は、彼に離婚の意思を示した。つい三時間前のことだ。

結婚して半年経つが、夫婦らしいことなど何ひとつしていない。このまま一緒にいても関係が改善するとは思えず、離婚を選択したのは苦渋の決断だった。

でも、彼は受け入れてくれなかった。それどころか、『離婚は絶対にしない』と言い放ったのである。

今までの積み重ねもあり、志帆の心はボロボロだった。ひび割れて、それでもかろうじて保っていた精神が、今日音を立てて崩れてしまった。

着の身着のまま家を出たものの、行くあてなんてどこにもない。実家に戻れば両親が心配するし、頼れる友人も誰もいない。

雨脚がどんどん強くなっていく。ただマンションから離れたい一心で志帆が足を進めていると、ポケットに入れていたスマホが鳴った。

びくり、と肩が震える。志帆に電話をかけてくる人間は限られていたため、着信音に驚いてしまった。

もしかして大地だろうか。そう思うと手が震えたが、それでもスマホを取り出す。

しかし、電話をかけてきたのは予想外の人物だった。

『志帆？　誕生日おめでとう』

「よ……義也《よしや》くん……」

電話の相手は、六歳年上の幼なじみ、花森《はなもり》義也である。

『本当は毎年してたみたいに、今日の零時にかけようと思ってたんだけど、志帆はもう結婚しているから遠慮したよ。久しぶりだけど元気だった？』

義也の穏やかな声を聞き、張り詰めていた糸がふつりと途切れた。抑えきれない嗚咽《おえつ》が漏れ出すと、電話口の声音が一変する。

『……志帆、泣いてるのか？　あいつは……旦那はどうしたんだ？』

怪訝《けげん》そうに問われるも、答えることができない。

この半年間の生活は、両親にも義也にも相談していない。『もしかして、大地との関係が好転するかもしれない』という希望があったからだ。それに、結婚を祝福してくれた人たちを心配させたくなかった。

（でも……）

「もう、駄目……なんだと思う……」

思わず吐露したのは本心だった。

今の状態で、夫婦として一緒にいる意味はない。それなのに彼は、離婚はしないと言う。

自分がどうすればいいのかわからず通話を切った志帆は、スマホを耳から離して宙を仰いだ。雨が容赦なく肌を打つ。けれど、そんなことはもうどうでもよくて、ただ楽になりたかった。苦しくて、つらくて、それでも状況を変えられない無力な自分が情けない。

どこをどう歩いたのか、気づけば幹線道路沿いを進んでいた。

夜も遅く強い降雨が続いていたため、すれ違う人はいない。ただ、車の通りは頻繁で、雨に濡れた路面にヘッドライトやテールランプの光が反射している。

力なく、ぼうっと道路を眺めていた、そのときである。

「——志帆！」

雨音を遮るような声が、周囲に響き渡った。

瞬間、心臓がぎゅっと締めつけられて息が苦しくなった志帆は、反射的に走り出す。

声の主は大地だ。彼がなぜ自分を追ってきたのかわからなかった。あんなことをされた直後では、心が千々に乱れて冷静になれない。

「待て、志帆……っ！」

大地の声がふたたび聞こえるが足は止まらない。雨粒が頬を打ち、目の中にも入ってくる。視界がぼやけ、自分がどこをどう走っているのかも認識しないまま、ただ彼から逃げるためだけに走り続ける。

（もうあんな冷たい目で見られたくない）

思えば、結婚してからの彼は常に苛立っていた。少しでも家の居心地がよくなるように気を配っていたが、話しかけるほどに大地の機嫌を損ねるだけだった。

それをなぜかと尋ねる気力はすでになく、今はただこの苦しみから解放されたい。お互いにとって、離婚は最良の選択のはずだ。

「あっ……！」

纏まらない思考で考えていると、段差に躓《つまず》いて転んでしまう。

無理やり立ち上がると、足首と膝に鋭い痛みが走った。だが、今はただ大地から逃げたい。向き合う勇気が持てないのだ。

「志帆！」

先ほどよりも近くから声が聞こえ、志帆が痛みを堪えて走り出したときである。

空気を切り裂くようなけたたましいブレーキ音が耳に届いた。それと同時に激烈な痛みが全身に走り、志帆の身体が宙に浮いた。

だが、浮いたのはほんの一瞬のことで、すぐさま地面にたたきつけられる。

「志帆……志帆……っ！」

大地の声が聞こえる。しかし逃げようにも指一本ですら動かすことができず、志帆の意識は闇に呑《の》まれていった。

1章　失われた記憶と見知らぬ夫

鷲宮《わしみや》志帆は、父母が年齢を重ねてから生まれた子どもということもあり、大手銀行の常務取締役を務める父と、専業主婦の母から多くの愛情を注がれて育った。

とはいえ、特別甘やかされてきたわけではない。悪いことをすれば叱られるし、いいことをすれば褒められる。ごく普通の教育方針である。

しかし、父の就《つ》いている立場ゆえに、礼儀作法は厳しくしつけられた。志帆自身も両親に恥じない娘でありたいという気持ちが強かったため、立ち居振る舞いには人一倍気をつけ、学生時代は勉学にも励んだ。

その甲斐《かい》あって、学生の時分は生徒や教師からよく褒められた。肩の上で揺れる艶やかな黒髪は烏《からす》の濡れ羽色のようだと言われ、瞼《まぶた》を伏せて微笑む様子は清楚《せいそ》と呼ぶにふさわしいと賛辞を受けた。才色兼備とは、まさにこのことだ、と。

そんな志帆も、最初から節度ある行動をしていたわけではない。

小さなころはお転婆で、近所に住んでいた幼なじみの従兄弟と遊びに出かけては、服を泥塗《まみ》れにしていた。木登りをして手足に傷を作ったこともあれば、夏休みに出かけた海で溺れかけたこともある。

だが、とある事件がきっかけとなり、幼い少女の世界は一変してしまう。

それまで活発に外で遊んでいた少女は部屋にこもることが多くなり、不必要な外出はしなくなった。一時は笑顔すら失い、両親や従兄弟はたいそう心配していた。

ようやく自然に笑えるようになったのは、ここ四、五年の話だ。

周囲に心配をかけた自覚がある分、これ以上負担をかけたくない。それは、志帆の行動の指針になっていた。

（……あれ？）

ずいぶん長い夢を見ていた気がする。

重い瞼を開けた志帆は、目覚めた瞬間になぜかそう思った。理由はわからない。ただ、心が引き裂かれそうな感覚だけが胸の奥に残っている。

不思議に思いつつ視線を巡らせると、見覚えのない光景が視界に広がった。

壁も天井も真っ白で、かすかに消毒液のようなにおいが鼻を掠《かす》める。病院だと気づいたが、なぜ自分がこの場にいるのか理解できない。

状況を確認すべく起き上がろうとしたができなかった。人を呼ぼうにも部屋に誰もおらず、腕には点滴の管が繋がれている。いったい自分の身に何が起きたのかと不安になった。病室はひとり部屋で、窓際に大きなベッド、右手には窓が配されている。まだ外が明るいところを見ると昼間の時間帯だ。最悪このまま起き上がれないとしても、看護師か医師がそのうち来てくれるだろう。

（お父さんとお母さんを心配させちゃったかな……）

志帆が長い睫毛《まつげ》を伏せて自嘲したとき、不意に部屋のドアが開いた。

反射的に音のしたほうへ目を向けると、見覚えのない男性が驚いたように志帆を凝視している。

（誰だろう……？）

白衣を着ていないから医師ではない。スーツ姿のところを見ると、父の仕事の関係者だろうか。ひとつだけ確かなのは、かなりの美形だということだ。

一瞬自分の状況も忘れて見入ってしまう。しかし彼は、志帆と視線が絡むと、端整な顔をつらそうに歪《ゆが》めた。

「大丈夫か……？　どこか痛むところは？」

「いえ……今のところ、は……」

歩み寄ってきた男性は、すぐさまベッドサイドにある内線電話で医師を呼び出した。

「すぐに先生が来る。ご両親にもきみの意識が戻ったと連絡しておくから、安静にしているんだ」

「は、い……」

動揺を見せていた男性は、程なくして医師が到着すると、二、三、必要事項を話して部屋を出て行った。志帆の両親に知らせるためだろう。

まったく記憶にない人物だが、わざわざ病室に来るくらいだから、父か母の知人なのかもしれない。

「あの……わたしは、どうしてここに……」

診察されている間に尋ねてみると、答えてくれたのは看護師だった。

三日前の夜、志帆は外出先で雨でスリップした車に撥《は》ねられたという。歩道に乗り上げた車のミラーが腕にぶつかり転倒、頭と肩を強打して意識を失ってしまったらしい。

「検査したところ異常はありませんでしたが、念のためもう一度検査をしましょう。なんともなければ、足首の捻挫《ねんざ》が治りしだい退院できますよ」

医師に告げられて、ホッと胸を撫《な》で下ろす。礼を言ったところで、部屋のドアがノックされた。看護師がドアを開けると、先ほどの男性が遠慮がちに入ってくる。

志帆にした説明と同じことを医師が伝えると、男性は深々と頭を下げた。

「ありがとうございました、先生。後ほど彼女の両親も来ますので」

「ご両親も安心されますね」

医師に頷《うなず》いた男性が、志帆に目を向ける。

どこか探るような彼の視線を不思議に思いながらも、掠れた声で礼を告げた。

「ありがとうございます……お世話を、おかけしました」

「いや……」

「お名前を、お伺いしてもよろしいですか……？」

志帆の言葉を聞いた男性が瞠目《どうもく》した。医師もまた、怪訝《けげん》そうに首を傾げる。

「なんの冗談だ？　志帆……」

男性はなぜか、傷ついたように志帆を見ている。だが、どうしてそんな表情をしているのかわからなかった。

もしかして覚えていないだけで、以前会っていたのだろうか。けれど、まったくといっていいほど記憶にない。

これだけの美形なら一度見れば忘れないはずだ。そもそも異性との接触は必要最小限に留めているため、男性と知り合う機会などほとんどない。

「冗談、ではありません、けど……」

答えながらも、志帆は困惑していた。異性で自分を呼び捨てにするのは、従兄弟で幼なじみの義也しかいなかったからだ。

「……あなたのお名前は、四之宮志帆さんでよろしいんですよね？」

確認するように医師に問われるも、志帆は聞き慣れない苗字に眉根を寄せた。

「わたしは、四之宮ではなく……鷲宮、志帆です」

そう告げた瞬間、医師と男性の顔に驚愕《きょうがく》の色が走る。だが、志帆は彼らのその反応こそが不思議で不安になった。

「四之宮……いや、鷲宮さん。もう一度検査をしたあとに、ご両親が来たらお二方も交えてお話ししましょう」

「……わかり、ました」

目覚めて病院だっただけでも驚きだったのに、やけに深刻そうな医師の様子に困惑してしまう。

居たたまれずに視線を窓の外へ逃がそうとすると、男性が切なげに自分を見ていることに気づく。

（どうして、わたしをそんな目で見るの……？）

自分の名前を呼んだ男性が、切実そうに見つめてくる。彼の眼差しには、心を掻《か》き乱すような力強さがあり、志帆はますます混乱した。

その後、頭部ＭＲＩ検査を行った結果、問題は見つからなかった。

脳内には、大脳辺縁系《だいのうへんえんけい》と呼ばれる部分の中に、海馬《かいば》という部位がある。ここには、新しい情報を一時的に覚えておく機能があるが、海馬を含め異常は見つかっていない。

検査後、医師による問診を受けた志帆は、その後病院に駆けつけた両親とともに診察室にいた。なぜだか彼《か》の男性も同席しているが、両親や医師からの言及はない。

（あの人、そんなに親しい人なの……？）

病状の説明は、原則的に家族以外には行われない。あの男性がこの場にいるということは、両親が許可しているのだ。

父母と男性の関係が気になった志帆だったが、それも長くは続かなかった。医師の言葉が衝撃的だったのだ。

「現状から申し上げますと、鷲宮さんはここ八ヶ月ほどの記憶を失っています。いわゆる記憶障害に分類される症状ですね」

「記憶障害……」

医師は、志帆の状態を嚙《か》み砕いて説明してくれた。

記憶は、脳内で、記銘《きめい》、保持、想起という形で収納されているが、車と接触した際に頭部を打った衝撃で脳の伝達経路に障害が起きている状態だという。新しいことは覚えられるが、過去の出来事の一部を思い出せないようだ。

「それ以外に障害はないんですよね？」

志帆が尋ねると、難しい顔をしながらも医師が頷いた。

八ヶ月の記憶の欠如と聞いて最初は驚いたが、日常生活に支障はなさそうだ。記憶喪失といえば、自分が誰なのかがわからず、これまでの人生をすべて覚えていないようなイメージがあったため、ひとまずホッとする。

——だが。

「先生、本当に志帆は……四之宮くんを……彼を覚えていないのですか？」

「これもまた珍しい症状ですが、鷲宮さんは〝四之宮さんに関する事柄〟だけを覚えていませんでした。四之宮さんと出会ってからの記憶が抜け落ちているのです」

医師の説明を聞いた父の栄吾《えいご》が信じられないというように沈痛な面持ちになり、母が痛ましげに目を伏せると、その場の空気が一気に重苦しくなった。

しかし志帆は、先ほどからひと言も発しない男性の名を知って目を瞬《しばたた》かせる。

(四之宮、って……さっき、先生がわたしのことをそう呼んでいたけど……)

ちらりと男性に目を遣れば、彼は痛々しいほどに衝撃を受けていた。その様子から、ある予想が脳裏を過《よぎ》る。

「お父さん、お母さん。そちらの方は……」

「そうだな。ここ八ヶ月間の記憶がなければ、彼のことがわからないのも当然だ」

栄吾が目線で男性を促す。彼は小さく顎を引き、緊張した面持ちで志帆を見つめた。

「俺は四之宮大地。見合いをして、半年前に結婚した……きみの夫だ」

（……やっぱりそうだったんだ）

この場にいる時点である程度予想はついた。だが、改めて聞くと戸惑いが大きい。

父母に目を向けると、ふたりとも彼の言葉を肯定するように頷いた。その顔は、志帆と同じく動揺していたが、それでも気遣いを見せてくれる。

「とにかく今は、身体の回復だけを考えなさい。記憶障害のことも気がかりだろうが、おまえは接触事故にも遭っているんだ」

栄吾の言葉に、母の靖恵《やすえ》も同意する。

「無理をしてはいけないわ、志帆。これからのことはまた後日考えるとして、今はゆっくり養生してちょうだい」

「ありがとう、お父さん、お母さん……それと、四之宮、さんも……いろいろ、ご迷惑をおかけしました」

「いや……気にしないでくれ」

大地はわずかに表情を曇らせたが、気を取り直したように小さく微笑む。

「きみにしてみれば、いきなり知らない男が夫だと言われても信じられないと思う。これから毎日退院まで顔を出すから、少しでも俺に慣れてくれると嬉しい」

「わかりました……」

静かで落ち着いた声だった。妻が記憶を失っているなんてショックだろうに、それでも無理やり距離を縮めようとはしない。

彼と夫婦だったという実感は、今の時点でまったくない。けれど、これから少しずつでも思い出していければいいと思う。

(結婚した人のことを忘れてしまったなんて、寂しすぎるもの)

志帆は前向きな気持ちで現状を捉え、まずは身体を回復させることを決めた。


接触事故で負った怪我は、足首の捻挫と打撲、擦り傷が主で、幸いなことに骨折や内臓損傷などの重傷ではなかった。

ただ、記憶を失っていることが判明したため、頭部の検査は入念に行われることになり、足首の怪我と合わせて半月ほどの入院が決まった。それが十日ほど前のことだ。

(捻挫や打撲もだいぶよくなったし、そろそろ退院後のことを考えないと)

志帆が入院している十日間、大地は毎日同じ時間に見舞いに来てくれた。そのたびに菓子や果物、花などを持ってきてくれるから、部屋は彼にもらった品で溢《あふ》れかえっている。

病室を訪れると、大地はどこかぎこちなく志帆と会話をしている。内容は他愛のないものばかりだ。今日どんな検査をしたかを聞くこともあるし、『何かほしいものがあれば言ってくれ』と、要望を尋ねられることもある。

（でも、わたしの記憶がないせいか……なんとなく遠慮がちな気がする）

どちらかといえば、大地はおしゃべりなほうではなかった。何を話せばいいのかわからず困っているようで、無言になってしまうこともしばしばだ。

だけど志帆は、そういう彼にむしろ親近感を覚えた。異性を避けていたため、声をかけられても上手く答えられないのだ。

夫婦だと言われても実感は湧かないが、彼は志帆の記憶がないことに対し、『無理に思い出さなくていい』と言ってくれた。その言葉で、夫の存在だけを忘れている罪悪感を抱かずに済んでいる。

（わたしは、四之宮さんのこういうところが好きだったのかな……）

今まで恋愛をしてこなかったから、いまいち確信が持てない。ただ、彼のことをもっと知りたいと思うし、一緒にいて心地よくもある。

大地が志帆を見る眼差しはとても優しく、大切にしてくれているのが伝わる。変に身構える必要がないのはありがたく、志帆が男性と接するうえでとても重要だった。

「志帆、入ってもいい？」

つらつらと考えていると、部屋のドアがノックされた。「どうぞ」と答えると、穏やかな笑みを湛《たた》えた義也が入ってくる。

「どう？　調子は」

「もうすっかり元気だよ」

義也は、実家の近所に住んでいる従兄弟で幼なじみだ。志帆が、唯一親しい異性といっていい。六歳年上だったが、気を遣わずに話すことができる。昔から面倒を見てもらっていたから気安いのだ。

大地がどことなく陰のある美形だとすれば、義也は優しい面差しのイケメンである。まったくタイプの違うふたりだが、どちらも整った顔立ちだという点において共通している。

義也は、「頼まれていたものを持ってきたよ」と、文具店のロゴの入ったショップバッグを志帆に差し出した。

「ありがとう、義也くん。もうほとんど痛みもないのにベッドにいなきゃいけなくて、ちょっと退屈してたんだ」

従兄弟に頼んだのは、スケッチブックと鉛筆である。

志帆は、学生時代から趣味で絵を描いていた。高校のころは美術部に所属し、賞を獲ったこともある。教師から美大を勧められたものの、あくまでも絵は趣味として考えていたため、普通の大学に進学している。

「四之宮さんからたくさんお花をもらったし、描きたいなって思ってたんだ」

「……そっか。スマホで写真を撮るんじゃなくて、絵を描こうとするのが志帆らしいね」

人のよさそうな笑みを零し義也が言う。たしかにそうかもしれないと、おかしくなって微笑んだ。

ある時期から、家の中に引きこもることが多くなった志帆は、自然と室内でできる遊びに目を向けるようになった。母の靖恵に興味がある遊びを聞かれ、答えたのが絵を描くことだったのだ。

（結婚しても、描いていたのかな）

ふと考えていると、義也が気遣わしげに志帆を見つめる。

「体調がよさそうで安心したよ。志帆が事故に遭ったって聞いたときは心臓が止まるかと思うくらい驚いたからね。……それも、誕生日になんて」

「……うん。心配かけてごめんね」

あとから両親に聞いた話では、事故当日は志帆の二十四歳の誕生日だったようだ。よりにもよってそんな日に怪我をしてしまうのだから、不運としかいいようがない。

「今さら遠慮しなくてもいいから。僕はね、志帆のことを本当の妹みたいに思ってるし、誰よりも幸せになってほしいんだ」

真剣な表情を浮かべた義也は、大地がくれた見舞い品に目を向けた。

「退院したあとのことは決めた？」

「ううん……それは、まだ。四之宮さんも、何も言わないし」

ここ数日、悩んでいた問題を前に、志帆は目を伏せる。

記憶喪失の自分が、今後大地の妻として生活できるのか。ふたりで重ねた時間を忘れてしまっている今、志帆にとって彼は知らない男性に等しく、一緒に住める自信がない。

(四之宮さんとわたしは、どんな生活をしていたんだろう?)

これまで大地は、結婚生活について語ることはなかった。何も覚えていない志帆を慮《おもんぱか》り、あえてその話題を避けているのかもしれない。おそらく彼は、怪我の回復を最優先に考え、負担をかけないようにしてくれている。

「無理はしなくていいと思うよ。こんな状態だし、実家に戻って療養するのもありじゃないかな?」

義也は幼なじみとして心配してくれている。実際、自分でも不安はある。

(でも……)

「四之宮さんに相談して決めようと思う。記憶を失ってしまったわたしを気遣って、あの人は毎日お見舞いに来てくれる。大事にしてくれていたんだと思うの」

「……志帆がそう言うなら尊重するよ。だけど、おじさんとおばさん、それに僕も心配していることは忘れないで」

「うん、ありがとう」

「それじゃあ、そろそろ帰るよ。また来るけど何かあったらすぐに連絡すること」

志帆の頭をポンと撫でた義也が、部屋を立ち去る。

置かれた状況を考えれば、実家へ戻ったほうがいい。大地も反対はしないだろう。ただ、自分が半年間彼と過ごした時間を思い出したいのも事実だ。

（ひとりで考えていてもしかたないし、絵を描こう）

義也の持ってきてくれたスケッチブックと鉛筆を手にすると、正面に置いてある花を見つめる。

白い紙に鉛筆を走らせている間は、何も考えずに集中できる。昔からそうだった。使用する画材にあまりこだわりはなく、色鉛筆や透明水彩を使うこともあれば、パステルを選ぶこともある。ただ描くのが好きなのだ。

今描いているのは大地からの見舞いの品で、オレンジのガーベラと白や黄色の薔薇《ばら》がミックスされた花束だ。可愛らしく、見ていると元気になれる色合いである。

毎日手土産を持って顔を見せてくれるのが申し訳なく、それとなく見舞いを断ったことがある。けれど彼は、『それくらいしか俺にはできないから』と、仕事帰りに病院へ寄ってくれていた。

最近では、大地が来る時間を心待ちにしている自分がいる。ひとりの時間が寂しいのもあるが、単純に彼と顔を合わせるのが嬉しいのだ。

どうしてそんなふうに感じるのかはわからないが、記憶を失っていても恋しい気持ちは残っているのかもしれない。

(だって、四之宮さんのことを考えると……胸がドキドキするもの)

動かしていた手を止めて胸に手をあてたとき、ドアのノック音が聞こえた。

時間的に大地に違いない。志帆が返事をすると、ドアを開けたのはやはり彼だった。今日は、有名洋菓子店のケーキボックスを携えている。

濃紺のスリーピーススーツを着こなす姿は、思わず息を呑むほどの存在感だ。身につけているものすべてが上品で、整いすぎた容姿を引き立たせていた。

ケーキボックスを冷蔵庫に収納した彼は、志帆の手元を見て驚いた顔をする。

「志帆は……絵を描くんだな」

「昔から趣味で描いていたんです。高校時代は美術部にも入っていて……わたし、話していなかったんですね」

「……絵が好きなのは見合いで聞いて知っていたが、描くのが趣味だとは知らなかった」

スケッチブックに視線を据えたまま、大地はベッドサイドにある椅子に座った。

「上手いんだな」

「ありがとうございます。高校を卒業してからは、描いた絵を人に見てもらう機会がなかったので嬉しいです」

完全に趣味だから、率先して自作を見せようとは思わなかった。過去の自分が趣味の話をしなかったのも、絵を見せるのが恥ずかしかったからかもしれない。

とはいえ、こうして好きなことを褒められるのは純粋に嬉しい。

微笑んで礼を告げると、大地が眩《まぶ》しそうに目を細めた。

「本当に絵を描くのが好きなんだな。もっと早く知っていれば、きみが趣味に打ち込めるようなアトリエも用意したんだが」

「えっ、それは大げさですよ。実家でだって、自分の部屋でたまに描くくらいでした。気が向いたときに、描きたいと思ったものを描くだけなんです」

「そうか。俺は趣味がないから羨ましい」

大地の表情がふと緩んだ。スケッチブックを興味深そうに見て感心している。

（今日は、会話がちょっと弾んでるかも）

趣味の話なんて、それこそ見合いのようだ。以前もこうして距離を縮めていたのだろうかと思うと、少しくすぐったい気持ちになる。

ひとしきり絵を眺めた大地は、志帆と視線を合わせた。

「きみのことが知りたい。もっと聞かせてくれ」

「わたしの……？　でも、特別なことは何もないです。それよりも、四之宮さんのことを教えてもらえませんか？　記憶が戻るきっかけになるかもしれませんし」

志帆の言葉に、彼は気まずそうに目を伏せる。

「俺も、そう面白い話はできない。学生時代は勉強ばかりしていたし、社会人になってからは勉強が仕事に変わっただけだ」

「そういう話でいいんです。面白い話じゃなくても、今日どんな景色を見た、とか。何を食べた、とか。……今は、四之宮さんのことを知らない状態なので」

「きみは、見合いのときもそう言ってくれた」

視線を上げた大地が、思い出したように微笑んだ。

「俺は、口数が多いほうじゃない。でも、きみは困った素振りも見せずに笑っていた。年の離れた男との見合いで話も弾まない状況なのに、俺を思いやってくれた。しっかりとした女性だと思ったよ」

ぽつぽつと語る彼は、どことなく懐かしんでいるようだった。

初めて聞いた『ふたりの思い出』に、志帆は自然と笑みが零れた。彼からこうして過去の話を聞くのが初めてだったから。

「見合いは、きみのお父さんから持ちかけられたんだ。……今から八ヶ月ほど前の話だ。『気負わずに会ってくれればいい』と言われたが、そうもいかなかった。正直なことを言えば、鷲宮栄吾の不興を買いたくなかった」

大地の経営している会社は、栄吾が取締役を務める銀行と取り引きがあるという。『結婚に結びつかなくても構わない。娘の話し相手になってくれ』と提案され、見合いが決まったようだ。

父は、彼ならば志帆と会わせても問題ないと信頼したのだ。娘が少しでも異性に慣れてほしいという親心もあったろう。そして自分もまた、父の御眼鏡に適った男性ならば、会うだけ会ってみようと考えたに違いない。

何よりも志帆は、このままでは駄目だと思いつつも、一歩を踏み出せずにいたからだ。

（でも……）

「そういう話なら、四之宮さんからは断りにくかったですよね」

志帆が関わる異性として大地を見込んだのはこちらの都合に過ぎない。彼にしてみれば、取引先の重役の娘が相手なのだから、かなりプレッシャーを感じていたはずだ。

「ごめんなさい。父が無理を言って……でも、悪気はなかったんです。わたしのことを心配するあまり、お見合いを頼んだんだと思います」

「ああ、いや……悪かった。そういう意味で言ったわけじゃない。見合いを終えた翌日に、話を進めてくれるよう頼んだのは俺だから」

「えっ……」

意外だった。不本意な見合いを強いられて、乗り気になるはずがない。

「それは、父の不興を買わないため……ですか？」

「違う。俺が、きみをもっと知りたいと思ったからだ」

即答された志帆は、思わず狼狽《うろた》えてしまった。まるで告白されているような気持ちになって、心臓が早鐘を打つ。

微笑ましそうに志帆を眺めていた大地は、さらりと話題を変えた。

「ここに来る前に、先生に話を聞いてきた。念のためあと四、五日ほど様子を見て、問題なければ退院だと言っていたが」

「はい。接触事故で負った傷は、今はほとんど痛みはないので」

「それなら、これからのことを決めたい。――俺は、きみと暮らしたいと思っている」

大地はそっと志帆の手の甲に自分の手を添えた。

突然の行動に一瞬驚いたが、彼はほぼ力を入れていない。少し手を引けば簡単に離せるように加減されていた。

（ほかの人に同じことをされても、怖いだけだろうな）

過去の自分が結婚を決めた男性だという以上に、今まで接してきた大地の優しさを信頼しているのだ。

「わたしは……あなたと暮らした記憶がないのに、いいんですか？」

「構わない。俺のもとに戻ってくれ、志帆。そのために必要なことはなんでもする」

静かだが、明確な意志を持った言葉だった。記憶がなくとも、志帆と別れるつもりはないと、彼はそう言っている。

　空白の半年間の中で、どのように愛を育んでいたのだろうか。記憶を失った今、想像するのは難しい。けれど、彼がここまで言ってくれるのだから、ふたりは夫婦として良好な関係を築いていたのだと察せられる。

「わかりました。わたし、四之宮さんと暮らします」

「……ありがとう。でも、本当にいいのか？　きみにとって俺は、まだ知人の域を出ていないだろう」

「そうですね。でも、一緒に暮らしたほうが、早く記憶が戻るかもって思ったんです。それに……もう一度、恋ができるかもしれないですから」

　大地との結婚を決めたのは、両親を安心させたいという思いもあったに違いない。だが、それだけで一生を共に歩む人を決められない。

　病院で目覚めてから今までの間、彼と自然に接することができたのは、かつて彼に恋をしていたからではないか。

「きみは、存外思いきりがいい。結婚を決めたときもそうだったな」

「結婚を……？」

「見合いを進めたいと思ったときに、俺はきみに確認している。『俺との結婚を考えられないなら、遠慮せず言ってほしい』と。……でも、きみは大丈夫だと言ってくれた。結婚するなら、俺がいいと言ってくれたんだ」

一語一語、嚙み締めるように語る大地は、なぜか切なそうに顔を歪めている。

（わたしが覚えていないことで、四之宮さんを傷つけてしまっているんだ……）

結婚して半年といえばまだ新婚だ。そんなときに妻が自分だけを忘れてしまったなんて、彼の心痛はどれほど大きかっただろう。

もしもこれが逆の立場だったなら、耐えられないかもしれない。そう思うと、こうして大地がまだ夫婦でいようとしてくれるのはありがたいことだと思う。

「四之宮さん。過去に言ったかもしれませんが、わたしは……どちらかというと、異性を避けて生活してきました。唯一接してきたのは従兄弟だけです。だから、わたしがあなたと結婚したいと言ったなら、それは本心からだと思います」

志帆に限らず、結婚は人生で重要な決断だ。見合いをして話が進んだとしても、生活を共にして家庭を築く以上は、好意を持っていなければ難しい。

大地に心を動かされたからこそ、夫婦として歩んでいくことを決断したのだ。

「わたしはきっと、四之宮さんに恋をしたから結婚したんです」

「っ……」

一瞬言葉を詰まらせた大地は、自身を落ち着かせるように息をつくと、一度志帆から視線を外した。

彼は、たまにこうして考え込むことがある。言葉を探しているというよりも、自身の感情を抑え込んでいる印象だ。

大地と過ごした日々を忘れている志帆は、彼の表情の意味を推し量ることができない。それが少しもどかしい。

「きみの提案どおりにしよう」

「え……？」

しばしの沈黙ののち、大地は優しげな笑みを浮かべた。

「恋愛をしよう。もう一度必ず、きみを俺に惚《ほ》れさせてみせる」

断言された志帆は、顔に熱が集まるのを感じて狼狽えた。

結婚しているとはいえ、今の自分にとって大地は知人の状態だ。けれど、彼から向けられる感情は心地いい。本気で恋愛をしようと言ってくれたのが伝わってくるから。

「ありがとうございます。ええと……楽しみに、してますね」

なんと答えていいかわからず赤くなった頬を隠すように俯《うつむ》くも、彼はそんな志帆の顔を暴くべく、端整な相貌を近づけてきた。

「どこまでなら近づいてもいいか教えてくれ」

「それは……どういう……？」

「夫といっても実感はないだろうし、不用意に近づいて怖がらせたくない。事前に知っておけば間違わずに済む」

生真面目に告げられ、目を丸くする。ここまで配慮してくれると思わなかったのだ。もともとは夫婦なのに、志帆に対し強引に距離を縮めるようなことをしない。それだけで、どれほど安心できることか。

「今みたいな距離は大丈夫です……手を添えられたりとか、顔を近づけられたりも。ちょっと、恥ずかしいですけど」

重ねられている彼の手を見ると、大地はハッとしたように自身の手を離した。

「……許可もなくすまない」

「い、いえ……夫婦なんですし……」

ふたりの間に、奇妙な沈黙が流れる。どこか気恥ずかしく、胸の辺りがむず痒《がゆ》くなるような感覚だ。

大地は困ったように苦笑し、「ひとつ頼みがある」と続けた。

「俺のことは名前で呼んでくれ。きみも四之宮だからな」

「あっ、そうですね。わかりました」

「ありがとう。俺も約束する。きみに触れるときは、必ず許可を取る。だから安心して一緒に住んでほしい」

「……はい」

彼に小指を差し出され、自分の指を絡めた志帆は自然と微笑む。

指切りなんてするのは、ずいぶんと久しぶりのことだ。大人になってからはそんな機会もなかったから、懐かしくなってくる。

「もしかしてわたしたちは、約束をするときに指切りしてたんですか？」

「いや……こんなふうに約束をしたことはないな。ただ、以前きみから聞いた話を思い出したんだ。小さいころ従兄弟と遊ぶ約束をするとき、指切りをしていたと」

「そうだったんですね……なんだか、懐かしかったです」

約束を交わすと、そっと指が離れる。

彼との小さなやり取りは心を和ませるもので、志帆は無意識に笑みを深めていた。

＊

志帆の見舞いを済ませた大地は、病室を出て駐車場へ向かった。自分の車の前まで来ると、大きく息を吐き出す。

涼しい顔をしているが、背中は汗で濡れていた。志帆との会話に、緊張していたのだ。

記憶を失う前の彼女に対し、ひどい仕打ちをした。自分の感情を優先し、半年もの間ずっと傷つけてきた。

その結果、大地の存在は志帆の中から綺麗さっぱり消えてしまった。

(……だが、もう間違えない)

志帆の時間は八ヶ月巻き戻ってしまった。医師によれば、記憶が戻るのは明日かもしれないし、このまま一生戻らないかもしれないという。

もしも彼女の記憶が戻れば、離婚を突きつけられるだろう。それだけのことをしてきた自覚はある。

本当は、ふたりの間に何があったのかを明かすべきだ。それなのに、別れたくない一心で伝えられずにいる。

(ずるい男だな、俺は)

思えば、彼女との出会いさえ作為的だった。

志帆とは見合い結婚だ。鷲宮栄吾がひとり娘を溺愛しているのは有名な話で、縁談もかなり持ち込まれたというが、そのすべてを断っていたと聞く。にもかかわらず。栄吾が娘との見合いを持ちかけてきたのは、ひとえに大地の努力の賜物である。

大地の目的は、鷲宮家と縁を結ぶことにあった。それは、昨年に発足されたデジタル庁に関係している。

発足の半年ほど前、栄吾の弟、鷲宮茂《しげる》が、デジタル庁の事務方トップに内定していると情報を得たのである。

内閣官房ＩＴ総合戦略室が母体となっているデジタル庁は、デジタル社会に必要な共通機能の整備・普及を掲げている。公共、準公共分野においてＩＴインフラを整え、地方公共団体の基幹業務等システムの統一・標準化を目指している。

その中で、ユーザーインターフェース（ＵＩ）、ユーザーエクスペリエンス（ＵＸ）の改善を挙げ、各府省庁のウェブサイトのデザイン、コンテンツ構成の統一化の実現へ向けて、有識者による勉強会も開かれていた。

これらの仕事は入札によって事業者が選定されるが、蓋を開けてみれば、不適切な――たとえば、選定する側に利益を齎《もたら》す業者であることがままある。

いわゆる便宜を図るというやつだ。たとえば、発注側が入札の予定価格を決めるための参考見積もりをＡ社に提出させ、その情報を競合するＢ社にリークするだとか、身内が経営する企業に仕事を融通するという話もないわけではない。

大地は、この事業に参画を目論んでいた。当時の内閣の肝いりで発足した新省庁の事業は、潤沢な予算のもとに行われるし、受注できれば会社にも箔《はく》がつく。そこで、参画の足がかりとして、まず志帆の父である栄吾に近づいたのである。

（最低だな）

自嘲するとポケットから煙草を取り出し、フィルターを咥《くわ》えて火をつける。車のボディに寄りかかり、無為に空を仰いだ。

大地の会社は、銀行のシステム構築、運営、メンテナンスを請け負う大手ＩＴベンダーから仕事を引き受けていたため、栄吾の勤める銀行にも出入りしていた。そんなとき、デジタル庁発足と鷲宮茂のトップ内定の噂《うわさ》が耳に入り、栄吾との関係性も知った。チャンスだ、と思った。ここでコネを作れれば、他社よりも有利に事業に参画できる可能性がある。

大地は野心を隠し、少しずつ栄吾と距離を縮めていった。同じ大学の出身だったことから、世間話をするようになるまでそう時間はかからなかった。

年頃の娘が恋人のひとりもいなくて心配だと言っていたときは、独身で身元のしっかりした優しい男がいます、などと言ってほかの男を紹介する素振りを見せたこともある。栄吾が、自分を売り込むような野心家が好きではないと知っていたからだ。

会話に利益性を持たせないことで栄吾の信頼を得て、見合い話を持ちかけられたのが八ヶ月前。そこからは、とんとん拍子に話が進んだ。

といっても、自分から何もしなかったわけではない。栄吾の娘は男慣れしていないと事前に情報を入手していたため、見合い前に偶然を装って会うことにした。

大地は、自分の容姿が女性にどう映るかを理解している。今まで自分から言い寄ったことはなく、常に相手から好意を寄せられる立場だ。ともすれば傲慢だと思われそうだが、事実なのだからしかたない。

男慣れしていない二十歳そこそこの娘など扱いやすい。好感を持たせておけば、父親から釣書を見せられても断りはしないだろうと踏んだ。

彼女は一般企業に就職はしておらず、従兄弟の花森義也が営む書道教室の手伝いをしていた。義也は、大手企業の商品名やドラマの題字デザイン、書道パフォーマンスなどをする有名な書道家だという。門外漢の大地でも名を聞いたことのある男だった。

父親は大手銀行の取締役、従兄弟は有名な書道家で、叔父は新省庁の事務方トップに内定。鷲宮の一族は絵に描いたようなエリート集団だったが、その中で志帆だけは異質だった。華麗な経歴もなく、地味に目立たぬように生きていた。

調べてもこれといって特筆すべき点は見あたらず、それが大地は不思議だった。自分なら、親でも親戚でも、利用できるものはすべて利用する。志帆の立場なら、いくらでもコネを駆使して就職も思いのままだろう。

恵まれすぎて、自分の持っている人脈の価値に気づいていない愚かな小娘か。

そんなことを考えつつ、目的地へ向かった。彼女が手伝う書道教室だ。住宅街にどこにでもある普通の平屋を、住居兼教室にしているようだ。

最初は書道に興味を持つふりをして近づこうと思った。だが、思いがけない場面に出くわした。

『ですから、先生はそういった取材はお受けしません』

『そこをなんとかお願いできませんかね。謝礼は弾みます』

静かな住宅街に似つかわしくない内容の会話が耳に届く。声が聞こえてきたのは、大地が目的とする一軒家だった。

——あれは……。

身なりが上等とは言いがたい男が、若い女に詰め寄っていた。

話の内容によれば、男のほうはどこぞの出版社の記者らしく、件《くだん》の書道家の取材申し込みをしつこく打診している。

わざわざきっかけを作らずとも、知り合うことができそうだ。

ほくそ笑んだ大地はゆっくりとふたりに近づくと、よく通る低い声で告げた。

『お困りでしたら、警察を呼びましょうか』

『え……』

突然現れた大地に志帆は驚き、記者の男は狼狽《ろうばい》する。

『だ、誰だあんたは……』

『無礼な輩に答える必要はない。彼女に無理やり言い寄っているように見えたが、通報しようか？　大声で今にも摑《つか》みかかりそうな勢いだったしな』

言いながらポケットからスマホを取り出した大地を見て、記者が慌てふためく。

『ご、誤解だ！　ったく、冗談じゃねえよ！』

最後まで謝りもせずに、男はバタバタと立ち去った。

若い女性ひとりくらいなら強引に押しきれると踏んでいたようだが、思わぬ邪魔が入って退散したといったところか。警察への通報を匂わせて怯《ひる》んだところを見ると、出版社の正規の社員ではなく、胡散臭《うさんくさ》い輩かもしれない。

ため息をついた大地は、改めて志帆に向き直る。

『大丈夫ですか?』

『はい。助けていただいてありがとうございます』

彼女は心底ホッとしたように表情を和らげ、綺麗なお辞儀をした。

美しい所作だ、と大地は思った。背筋を伸ばし、凛《りん》としている姿は育ちのよさを窺《うかが》わせる。黒目がちの大きな目で見上げられると、奇妙な感覚に襲われた。

曇りひとつない硝子《がらす》のような美しさと清廉さが彼女にはあった。世俗に塗《まみ》れている自覚があった大地は、自分とは正反対だと直感する。

『私はたまたま通りかかっただけです。何事もなくてよかった』

本音を隠して告げた大地は、志帆と距離を保ったまま笑みを浮かべた。

男慣れしていない相手を前に、いきなり距離を詰める真似はしない。今は、自分の存在を印象づけるだけでいい。

幸か不幸か、大地の容姿は人目を引く。整いすぎているのだ。おかげで昔から女性に言い寄られることも多々あり、面倒に思うこともあった。

だが、働くようになってからは、顔だろうがなんだろうが、使えるものはすべて使っている。そうしなければ、なんのコネもない自分は生きてこられなかった。

『では、私はこれで』

もともと志帆に自分を印象づけるための行動だから、長居は無用だ。今後、釣書を見たときにでも、今の出来事を思い出せばそれでいい。

その後は大地の思惑どおりにことは進んだ。唯一誤算があるとすれば、自分の気持ちだ。ただの政略の駒でしかない相手に、本気になったのである。

志帆が特別何かに秀でているかといえばそうではない。美人でしとやかだが、探せばそういう女性はほかにもいるだろう。

ただ、彼女の何気ない所作——たとえば、目を逸らさずに会話をするところだとか、背筋を伸ばして立つ上品な佇《たたず》まいだとか、食事をしたときに米一粒も残さず綺麗に食べるところだとかが好ましかった。

どこか儚《はかな》げながらも、心の強さを感じさせる言動も、大地の気持ちをくすぐった。

彼女といると、肩肘を張らずに過ごせる。駆け引きなどなく本音で話してくれるから、一緒にいても苦にならない。他人と時間を共有することに苦痛を感じる大地にとって、それは珍しいことだった。

――しかし、本気になったがために、大地は大きな失態を犯してしまった。

今思えば、冷静さを欠いていた。他人も、自分ですらも盤上の駒のように動かすことしかしてこなかった大地は、初めて自身の感情に呑み込まれてしまった。

(俺が愚かだった)

いつの間にか、煙草が半分以上灰になっている。

苦い後悔とともに携帯灰皿に吸い殻を捨てると、車のキーを開けようとする。そこへ、今、一番聞きたくない男の声が聞こえた。

「四之宮さん」

声を聞いた瞬間、内臓を素手で触れられたような不快感に晒《さら》されて眉をひそめる。しかし表には出さずに振り返り、声の主を見据えた。

「いらしていたんですか、花森さん」

志帆の従兄弟、花森義也である。彼は、敵対心も露わに大地に近づいてくる。

「頼まれていた画材を渡しに来たんです。ちょうどあなたが病院に来たところを見たので、話がしたくて待っていたんですよ」

「そうですか。わざわざなんのご用ですか」

ふたりの会話には、いっさい友好的な雰囲気はない。大地には、妻が一番気を許す従兄弟への嫉妬があり、義也には、大切な従姉妹を傷つけた男への憎しみがある。

「忘れていないでしょうね。記憶を失う前、志帆は僕に言ったんです。『もう駄目かもしれない』と。あなたたちの間に何があったかは知らないし、志帆も話してくれなかった。でも、結婚してからの志帆が笑わなくなったのがすべての答えだ」

「っ……」

自らの罪は理解している。だからこそ、何よりもこの男に指摘されるのはこたえる。無意識に拳を握りしめた大地は、感情のまま手のひらに爪を食い込ませる。

（この程度の嫌み、俺が志帆にしたことに比べればたいしたことはない）

「私が許しを請うのは志帆であって、あなたじゃない。夫婦のことに口を出すのはやめていただきたい」

あえて挑発するように告げると、義也の顔が怒りに歪む。

「志帆があなたのことだけを覚えていないのは、忘れたかったからじゃありませんか？……記憶を失っている志帆に負担をかけたくないから黙っていますが、もしも記憶が戻った志帆があなたと別れたいと言ったら、僕は何をおいても彼女の願いを叶《かな》えてみせます」

言いたいことだけを言い終えると、義也は踵《きびす》を返した。

（……そんなことをさせるものか）

心の中で呟《つぶや》くと、ふたたび煙草に火をつける。

志帆は、一緒に暮らすことを了承してくれている。記憶がない状況でも前向きに受け止めて、大地と生活することを選んでくれた。

（『もう一度、恋ができるかもしれないですから』、と言っていたな）

大地も志帆も、互いに恋をしていた。そう言いきれるのは自惚《うぬぼ》れではない。彼女の何気ない眼差しや行動から、自分に対する好意は感じていた。

見合いを進めようと決めたとき、『結婚するなら、四之宮さんがいいです』と微笑んでくれた彼女に愛しさを覚えた。

にもかかわらず、ふたりの結婚生活は幸せとは言いがたいものになってしまった。

もしも今、たったひとつ願いが叶うとすれば、迷わず『結婚式当日からやり直したい』と願うだろう。

「……馬鹿馬鹿しい」

愚にもつかない妄想を切って捨てると、煙を吐き出す。

（もう一度、俺を好きになってくれるか？　……いや、好きにさせてみせる）

誰に告げることもできない決意は、紫煙とともに空へ吸い込まれていった。

2章　二度目の結婚式

退院当日は、抜けるような青空が広がっていた。

世話になった医師や看護師に挨拶を済ませた志帆は、軽い荷物を手に正面玄関へ向かいながら、少しばかり緊張していた。

今日から、大地との生活が始まるからだ。

退院日が決まると、彼は『迎えに来る』と言ってくれた。仕事もあるだろうし申し訳ないと遠慮したものの、『問題ない』の一点張りで聞き入れてもらえなかった。

（意外と頑固なのかな。それとも、すごく心配性とか……？）

ロビーを見渡しながら考えていると、ちょうど大地が正面玄関から入ってきた。志帆を発見した彼は、まっすぐに歩み寄ってくる。

「悪い、待たせた」

「いえ、今来たばかりです。お仕事は大丈夫でしたか？」

大地は「大丈夫だ」とだけ答え、ごく自然に志帆から荷物を取り上げた。

「記憶をなくしているきみを、ひとりで家には帰せない。俺のことはいいから、自分の心配だけをしてくれ」

心の底から労《いたわ》っている言葉に、心臓が跳ねる。

端整な顔立ちだからか、一見すると冷たい人に見える。けれど、大地は優しい人だ。彼と結婚した理由のひとつを知った気がして嬉しくなる。

「大地さんは、心配性なんですね」

まだ言い慣れない彼の名を口にしつつ、志帆は笑った。

「怪我はもう治りましたし、記憶がない以外は健康です。家事だってできるので、あまり心配しないでくださいね」

まだ彼が夫だという実感はない。それでも、大地が志帆を妻として大事にしてくれているのは伝わる。実際、記憶を失った妻と暮らすのは気まずいはずなのに、こうして大切に扱ってくれる彼には感謝しかない。

弾む気持ちのまま答えると、なぜか大地が驚いた顔を見せた。

「あの……？」

「……いや、なんでもない。行こうか。車で来ているんだ」

バツが悪そうに目を伏せる彼を見て不思議に思うも、それ以上追及することはなかった。

（ちょっとぎこちないのは、わたしの記憶がないからだよね）

夫婦で過ごした半年を思い出せない志帆が戸惑っているように、大地もまた記憶のない妻との距離感を測りかねているのだろう。

彼は、ゆっくりとした足取りで駐車場へ向かった。口数は多くなかったが、常にとなりを歩く志帆を意識している。

大地の視線を感じるのは少し恥ずかしいが、嫌な感じはしない。むしろ心地いいとすら思う。異性を避けてきた志帆には珍しいことだ。

(記憶を失う前も、こうして見つめられていたのかも)

「志帆、こっちだ」

大地は国産高級車の前まで来るとロックを解除し、助手席のドアを開けた。志帆に乗るように促し、後部座席に荷物を入れる。

彼の動きは流れるようにスマートだ。紳士的な振る舞いに見入っていると、運転席に収まった大地がシートベルトを締めた。

「何か買いたいものがあれば店に連れて行くし、疲れているならこのまま帰ろう。希望を聞かせてくれ」

「ありがとうございます。いろいろと配慮してもらって」

「これくらい当たり前だ」

「わたし、記憶が戻るように頑張ります。これからよろしくお願いします」

（記憶を失ったことを嘆くよりも、思い出せるように努力したほうが建設的よね）

彼を思い出せない罪悪感はある。でも、前向きでいようと思った。落ち込んでいてもしかたがないし、そんな暇があるなら記憶を取り戻せるように努力をしたい。

「きみは……不安だろうに、それでもポジティブに物事を捉えるんだな」

大地はふ、と小さく微笑んだ。彼の笑みを見た志帆は、なぜだか胸が締めつけられる。きっと、どことなく哀しそうに見えたからだ。夫婦として過ごした日々を思い返しているのかもしれないと思うと、ますます胸の痛みが増す気がした。

「それで、どうする？」

「あ……そうですね。必要なものは特に思い浮かびませんけど、食事はどうしますか？　簡単なものなら作るので、家にある食材がわかればお買い物をしたいです」

「退院したばかりだし、今夜は外食でいいんじゃないか？　ただ、冷蔵庫には何もない。明日の朝の分くらいは買っておいたほうがいいかもしれないな」

大地の言葉に、志帆は目を丸くする。

「大地さんは今まで食事をどうしていたんですか？」

「朝は食べないし、夜は取引先との会食や外食ばかりだ」

（それなら、あまり一緒に食事はしていなかったのかな）

ＩＴ企業の若き経営者の彼は、その立場から多忙である。精力的に自社の事業を拡大し、いずれ新省庁の事業に携わるようになるかもしれないと父の栄吾は話していた。

「でも……忙しくても、朝はしっかり食べないと駄目です。明日の朝食はわたしが作りますね。洋食と和食、どちらが好きですか？」

尋ねたものの、どうしてか大地は志帆を凝視して無言になった。

（もしかして、構われるのが嫌だった？）

「差し出がましくてすみません。いつもの生活パターンと違うなら、遠慮せず言ってくださいね。普段と同じ行動をしたら、記憶も思い出せるかもしれませんし」

「謝らないでくれ。以前もきみからそう言われたことを思い出して、驚いたんだ。……俺は、いい夫ではなかった。きみの言うことを聞かずに、家で食事をすることがほとんどなかったから」

後悔を滲《にじ》ませている声だった。アクセルを踏んで駐車場から車を出す彼は、一見すれば冷静だが、それ以上の追及を拒んでいるかのように表情が硬い。

「それなら、今度は一緒に食べましょう。夜が無理なら、朝だけでもふたりで話せる時間がほしいです」

志帆は自分の希望を伝え、彼の反応を窺った。

彼が『いい夫ではなかった』と言ったのは、今まで一緒に食事をする時間がなかった後悔からのことだろう。それなら、これまでできなかったことを今後はやればいい。

「お互いに理解をするには、まず対話が必要だと思うんです」

ずっと異性を避けてきた志帆が、大地と結婚を決めるくらいに彼を想っていたのだ。接する時間が長ければ記憶が戻る可能性も高くなり、かつて抱いていただろう恋心も蘇《よみがえ》るかもしれない。

そんな考えを伝えたところ、大地は了承してくれた。

「わかった。朝食は一緒に食べよう。ほかにも何かやりたいことやしたいことがあったら俺に教えてほしい」

「ありがとうございます……」

「礼はいい。きみが希望を言ってくれると、俺も嬉しい」

ごく自然に告げられた志帆は、照れくさくて俯いた。嬉しいと言ってもらえたのが、予想外だったのだ。

入院期間を含めて短い間ではあるが、大地と接した中で気づいたのは、口数があまり多くなく、優しいが不器用なところがあるということだ。

何もかもが完璧に見える彼とあまり身構えずに会話できるのは、大地の人柄によるところが大きい。

（これからもっと、大地さんのことを知っていけるといいな）

それから他愛のない話をしているうちに、マンションの近所だというスーパーに着いた。

輸入食品や高級食材を扱う大型店舗だ。訪れた記憶はないものの、家の近くにあるのならよく来ていたのかもしれない。

大地は入り口に置いてある買い物かごを持ったが、明らかにスーパーでは浮いていた。普段足を踏み入れないからか、所在なさげに視線を彷徨《さまよ》わせている。

「朝食、何かリクエストはありますか?」

「特に好き嫌いはない。強いて言えば、米のほうが好きという程度だ」

「では、朝は和食にしますね」

となりを歩く彼を見上げた志帆は、つい頬を緩ませる。

スーツで買い物かごを持つ大地のアンバランスさが可愛らしかった。スーパーを歩き慣れていないのが丸わかりで、天井につるされたプレートで商品棚を確認している。

志帆はというと、商品の場所を特に確認することなく通路を移動していたため、彼は不思議そうに首をひねる。

「この店の記憶はあるのか?」

「いえ。ただ、スーパーってだいたい商品の配置が一緒のことが多いんです。決まった道順で歩いて商品を見て、二周目で何を買うかを決めるのがわたしの買い物方法なので、母には一緒に買い物に行くと時間がかかる、ってよく苦笑されてました」

「それは知らなかった」

大地は興味深そうに志帆を見た。その目は半年間夫婦として過ごした夫の視線ではなく、まだ付き合いの浅い恋人に向けるもののようだ。

志帆のことを知るのが純粋に楽しそうに見える。まるで、記憶を失っている志帆の歩調に合わせてくれているようですらある。

心が温かくなるのを感じていると、大地がふと鮮魚コーナーで立ち止まった。

「そういえば、志帆は刺身が苦手だと言っていたな」

「あ、そうなんです。小さいときは好きだったんですけど、食べすぎてお腹を壊してからは苦手になってしまって。恥ずかしいので、あまり人には言っていません」

「そうか。俺は、見合いをしてから初めてデートしたときに聞いた。寿司屋に入ろうとしたら、申し訳なさそうに明かしてくれたんだが……きっとまだ、知らないことは多い。だから、なんでも遠慮しないで言ってもらいたい」

抑揚のない声だった。だが、大地の気持ちは充分伝わってくる。

「ありがとうございます」

彼は、恋愛をしようとしてくれている。言葉だけではなく、慣れないスーパーに一緒に来てくれたり、以前ふたりでデートしたときのエピソードを語ってくれたりと、記憶のない志帆を気遣い、歩み寄ってくれている。

（過去のわたしは、どんなふうにこの人を好きになったんだろう）

男性に免疫のない自分が大地に恋をするのに、そう時間はかからなかったのではないか。このわずかな間でも、彼と一緒にいる時間が心地いいと思えるのだから。

（わたしはまた……大地さんに恋できるかな）

恋は〝する〟のではなく〝落ちる〟ものらしい。意識してするのではなく、気づけば落ちているのだ、と、いつか誰かが話していた。

だが、自らの意思で恋をしてもいいのではないかと志帆は思う。〝夫〟としてというよりも、これから大地個人を知っていきたい。『恋をしよう』と言ってくれた彼となら、また関係を深めていけるはずだ。

確信めいた思いが胸を過り、志帆は期待に胸を弾ませる。

「大地さん。明日の朝、焼き魚にしましょうか」

「ああ、それなら鮭《さけ》がいいな」

「好きなんですか？」

「……きみが初めて作ってくれた朝食に鮭があった」

「そんなことまで覚えてくれてるんですね」

志帆はやや驚いて彼を見上げる。詳しい時期はわからないが、おそらく式後に一緒に暮らし始めてからだろうから、半年は経っていることになる。

「その日は特別だったからな」

わずかに眉を寄せた大地は、商品に目を向けながら続ける。

「きみは、毎日食事を用意してくれていた。でも、無理はしないでいい。家事もほかのことも、必要なら業者を手配すればいいし」

事故に遭って記憶を失ったせいか、大地は志帆を過保護に扱う。くすぐったいような、それでいてどこか居心地が悪いような気分になるのは、彼の言葉の節々に切実さが混じっているからだ。

(心配、してくれているんだよね)

「無理はしません。だから、朝は一緒に食べましょうね」

鮭のパックを手に取って念を押すと、彼は気圧《けお》されたように「わかった」と頷いた。

「志帆は、しっかりと意見を言ってくれるな」

「気に障りましたか?」

「まさか。俺は、言いたいことがあれば言ってもらったほうがいい。意見の相違があったとしても、話し合えばすり合わせも可能だろう」

「それなら、これからどんどん言いますね」

冗談めかして告げると、「頼む」と微笑んだ大地が、買い物かごに鮭を入れる。

退院したばかりとあり、スーパーで買い物をしているだけでも気分転換になる。しかしそれ以上に、大地と会話をしているのが楽しいと感じていた。

（すごい大きなマンション……！）

買い物を終えて大地に連れられてきたのは、都内にあるタワーマンションだった。

やはり見覚えはなく、初めて来た場所のように感じるが、常駐しているコンシェルジュに挨拶をされ、丁寧な見舞いの言葉をもらった。相手は明らかに志帆の顔を知っていたが、自分は名前さえ出てこずに申し訳なく思ってしまう。

記憶を失っていることは、身内以外には明かさないことを事前に彼と話し合っている。

大地は「なるべく俺もフォローするから」と言ってくれたが、その言葉どおり「妻はしばらく家で療養するので」と、不自然にならないように、コンシェルジュとの会話を終わらせ、志帆を部屋に案内してくれた。

「ここが、俺ときみが住んでいた部屋だ」

「わ……綺麗なお部屋ですね」

ふたりの住居は、間取りこそ3ＬＤＫとごく一般的だが、ひと部屋ごとに広さがあり、全室南向きで大きな窓が配されている。高層階ということもあり、開放感があった。

リビングに入ると、ホテルのスイートルーム並みに広々としていた。家具や家電などが無駄なく配置され、生活感があまりない。部屋の中心にあるソファはふたりで住む部屋に置くにはかなり大きいものの、広い部屋にはよく馴染《なじ》んでいた。

「とりあえず寛いでくれ。今、茶を淹《い》れる」

「えっ、それならわたしが……」

「俺は家事をしてこなかったが、コーヒーを淹れるくらいはできる。以前……結婚する前にきみに教わったからな」

スーツの上着を脱いだ彼は対面式のキッチンに入り、ソファに座るよう志帆を促した。

ありがたく厚意を受け取ってソファに腰を下ろすと、リビングを見まわす。

(住んでいた場所に帰ってくれば、何か感じるかと思ったけれど……)

部屋に入っても、記憶が蘇ってくることはなかった。そう簡単にはいかないとわかっていながら少し残念に思う。

所在なく視線を彷徨わせていると、ふたり分のコーヒーを淹れた大地がテーブルにカップを置いた。

「ありがとうございます」

「いや。久しぶりに淹れたから緊張した。気に入ってもらえればいいが」

意外だった。抜群の容姿を誇り、社会的地位も確立している人が、コーヒー一杯を淹れるだけで緊張するようには見えなかったのだ。

「……可愛いですね」

無意識に漏らした感想に、正面に座った大地が目を剝く。

「何がだ？」

「大地さんが、です。いただきますね」

「そんなことは初めて言われた」と、驚いている彼に、どこか親近感が湧く。志帆は穏やかな気持ちでカップに口をつけた。

結婚前にコーヒーの淹れ方を教えたというが、志帆自身もそれほどこだわりが強いわけではない。ただ、実家では父の栄吾がコーヒー好きだったため、母は少しでも美味しいものを飲んでもらおうと勉強していた。

以前母から聞いた初心者でも簡単にできる淹れ方を、彼に教えていたようだ。

「ペーパードリップでも二十秒ほど蒸らすだけで美味しいと、きみは言っていたな」

「わたしも、母から教わったことなんです。実家では、母がよく水出しドリップを淹れてました。豆の挽《ひ》き方にもこだわっているみたいです」

実家の話をしながらコーヒーを飲む。対面に座った大地は、どことなく緊張した顔を見せ、志帆の様子を窺っていた。

「香りもいいし美味しいです」

「そうか、よかった」

ホッとしたように息をつく彼を見て、気持ちが和む。

記憶を失う前は、リビングで一緒にコーヒーを飲んでいたのかもしれない。そう思うと、少しだけ身の置き所のなさが薄れる。

穏やかな空気を心地よく思っていると、ふとサイドボードの上にある写真立てが目に留まった。結婚式の写真だ。ウェディングドレスはとても美しく、タキシード姿の彼も素敵だったが、ふたりともどことなく顔が強張っている。

（緊張していたのかな……あっ、そうだ）

「大地さん、アルバムってありますか？　ふたりで撮った写真を見てみたいんですが」

記憶を取り戻すきっかけになるかもしれないと思い尋ねると、彼は気まずそうに目を伏せた。

「結婚式の写真しかない。俺は写真が嫌いだし、そのうえ忙しさにかまけて新婚旅行にも行かなかった。結婚して半年経つが、きみと過ごした時間は少なかったんだ」

そこで言葉を切った大地は、志帆と視線を合わせた。

「退院したら、謝ろうと思っていた。……すまなかった、志帆」

「大地さんはお仕事だったんですし、しかたのないことだと思います。これからは、もっとふたりで過ごしてくれますか？」

「ああ、約束する。それと、これを」

ポケットから小さな箱を取り出した大地は、蓋を開いた。入っていたのは、女性用の結婚指輪である。

「病院に運ばれたときに治療のために外して、そのあと俺が預かっていたんだ。これをもう一度つけてくれるか？」

「もちろんです。あの……大地さんが、わたしにつけてくれませんか？」

志帆の頼みに、大地が「俺が？」と不思議そうな顔をした。

まるで結婚式の儀式のようだが、夫婦として生活するにあたり、彼の妻として自覚を持ちたいと考えたのだ。記憶が戻るかどうかはわからないけれど、新たな関係を築く第一歩として指輪をつけたかった。

「わかった」

となりに移動した大地はそっと志帆の左手を取ると、慣れないしぐさで薬指に指輪を嵌《は》めてくれた。

指輪の感触にまだ違和感を覚えるが、いずれしっくりくるはずだ。指に馴染むころには、彼との生活が当たり前になっているようにと願う。

「二度目の結婚式ですね」

「……ああ」

わずかに眉根を寄せた大地は、祈りを捧《ささ》げるかのような切実な声で続けた。

「俺が夫といっても実感が湧かないだろう。だから、焦らなくていい。ゆっくり俺と夫婦

になってくれないか」

指輪のついた手を握られて、正面から見つめられる。

ひょっとして、過去にもこんなふうに彼に乞われたことがあったのだろうか。もしそうだとすれば、覚えていないのは残念だと思う。

(ゆっくりと、って言われて、気持ちが軽くなったな)

歩み寄ってもらえるのは心強く、今後の生活への不安を優しく拭ってくれる。

志帆が小さく頷くと大地は微笑し、思い出したように言う。

「寝室のことだが、志帆がひとりで使ってくれ。俺は書斎にソファベッドがあるし、そこで寝るから気にしなくていい」

「それは……さすがに申し訳ないです。ふたりの寝室なのに」

「退院したとはいえ、事故からまだ半月だ。まずは俺との生活に慣れることだけを考えてくれればいい」

大地は性急な真似をせず、記憶のない妻を受け入れ、この生活に慣れるまで時間を与えてくれた。彼の言動は、今の志帆を一番安心させるものだった。

「では、お言葉に甘えさせていただきます」

厚意をありがたく受け取ると、立ち上がった大地が「ちょっと待っていてくれ」と部屋から出て行った。すぐに戻ってきた彼の手にあったのは、画面がひび割れたスマホである。

「きみのスマホだ。事故に遭ったときに壊れてしまったんだろう」

「これじゃあ使えませんね……」

知人のアドレスはクラウドに保存してあったため問題はない。ただ、写真などはマメにバックアップする性格ではなかった。

(大地さんの写真があったかもしれないのに……ちゃんと保存しておけばよかった)

残念に思っていると、大地が思案するように言う。

「スマホはないと不便だろうし、明日一緒に買いに行くか」

「えっ、いいんですか？　仕事があるんじゃ」

「明日は休みだ。スマホを買うついでに、何か買い物をしてもいい」

彼は、『もっとふたりで過ごす』という約束を実践しようとしてくれていた。

病室で会話していただけではわからなかった大地の人となりに触れ、そのたびに鼓動が小さく跳ねる。

「買い物、楽しみです」

「といっても、遠出するわけじゃない。マンションから歩いていけるぞ」

「いいんです。大地さんと一緒なら、楽しくなると思うので」

先ほどスーパーに寄ったときのことを思い返しつつ答えると、大地が照れくさそうに自身の口元を手で覆う。

「……まだ荷物を片付けていなかったな。寝室に置いておけばいいか？」

「自分でやりますから、大地さんは休憩してください」

しかし、立ち上がった志帆に続くように腰を上げた彼は、「それなら寝室に案内する」と、置いていた荷物を手にリビングを出た。

（照れたのかな……）

大地の背中を見て考えていると、彼が寝室のドアを開けた。

「自由に使ってくれていい……というのも変だな。入院前まできみがいた家なのに」

「そんなことないです」

志帆にとってここは、慣れ親しんだ我が家ではなく、初めて訪れた家という気持ちが強く、自由に振る舞うにはまだ時間が必要だ。

（ここで、大地さんと眠っていたんだ）

彼や自分は、どんな格好で寝ていたのだろうか。夫婦のベッドを見たことで、今まで意識していなかったことが急に気になり始める。

「志帆、どうした？」

「い、いえ。なんでもないです」

ベッドを見て意識したとはさすがに言えない。火照った頬をごまかすように部屋を眺めていると、あることに気づいて大地を見上げた。

「リビングも寝室も、グリーン系で纏めているんですね」

「ああ、きみが決めたんだ」

彼の話では、このマンションで生活を始める前にふたりで話し合い、部屋の色調には志帆の希望を取り入れているという。

リビングもそうだが、あまり生活感はない。ただ、全体的にグリーン系の色合いで統一感があり、気分が落ち着く。実家でも同様に、カーテンやソファなどにグリーンを使っているからだろう。

（今日からここで、大地さんと暮らすんだ）

不安がないといえば嘘《うそ》になる。しかし、いずれはこのベッドで一緒に眠れるように記憶を思い出したい。志帆は前向きな気持ちで、新たな生活をスタートした。


翌日は、昼近くから出かけることにした。大型商業施設の中にある携帯ショップで、新しい機種を買うためだ。

（近所のお店に行くだけだけど、なんだかデートっぽいかも）

結婚する前はデートを二度ほどしたようだが、志帆にとっては初デートのようなものである。だから、普段着よりも少しばかり可愛らしい服を選んだ。

裾が広がるマーメイドタイプのスカートにローファーを履き、トップスは七分袖で腕の部分がやや膨らんでいるデザインだ。全体的にブラウン系で纏め、クラシカルで上品な雰囲気を出している。

彼はネイビーのシャツに綿のパンツを合わせた飾り気のない格好だったが、生来整った容姿だから何を着ても格好いい。すらりと伸びた長い手足で、日本人離れした頭身は人目を引くに充分だった。

（こういうとき、どれくらいの距離感で歩けばいいのかな）

マンションを出て店に向かう間も、ふたりの間には微妙な距離が空いている。

ちらりととなりを見上げれば、気づいた大地が「手に触れるのは大丈夫だったな」と、おもむろに志帆の手を握った。

「嫌なら離す」

「……照れますけど嫌ではありません」

正直に告げると、大地は小さく微笑んだ。

おそらく、ふたりとも距離を測りかねている。彼は、あまり一緒に過ごせなかったと言っていたが、それでも結婚生活を送ってきた夫婦なのだ。また一から関係を築いていくのは、想像するよりもつらいだろう。

（わたしも歩み寄っていかないと）

志帆は思いきって、彼の指に自分の指を絡めた。『嫌ではない』と、行動で示すためだ。少しだけ緊張するのは、異性を避けてきたせいだ。幼いころならともかく、大人になってから手を繋いで歩くなんて、唯一親しい異性の従兄弟とだってしたことはない。

「嬉しいものだな」

ふと呟かれた言葉に視線を上げると、やわらかな眼差しが注がれていた。

「もっときみとこうして出かける時間を作ればよかった」

志帆に、というよりは、自分自身を責めているような口調だった。彼は志帆が想像するよりもずっと、妻が記憶喪失になったことに責任を感じ、後悔を抱いている。

「過去はどうにもできませんが、これからいろいろできますよ」

彼の罪悪感を少しでも軽くしたい。そんな思いで言い募る。

「それでも悔やんでいるのなら、スマホを買ったら一緒に写真を撮ってください。半年間の大地さんの後悔は、それで終わりにしませんか？」

「……写真くらいでなかったことにできないだろう」

「だって大地さんは、写真が嫌いなんですよね。充分お仕置きになります」

「きみは優しすぎる」

大地がかすかに笑った。それだけで、志帆の心臓が小さく弾む。

（好きだな……この人の笑顔）

彼がつらそうだと哀しくなり、笑ってもらいたくなる。そんな自分が不思議だったが、かつて大地と過ごした日々を無意識に感じているのかもしれないと思う。

「約束ですよ」

あえて明るく言うと、苦笑した大地が頷いた。絡めている指にわずかに力をこめた彼のしぐさは、まるで約束を守ると言っているかのようだった。

手を繋いだまま店の敷地に入ると、植木のコキアが赤く色づいていた。

入院しているうちに夏が終わり、気づけば秋風が吹いている。記憶の中ではまだ春先だっただけに、浦島太郎にでもなった気分だ。

「もう秋なんですね」

コキアを眺めながら呟くと、気づいた大地が足を止める。

「好きなのか？　ホウキギ」

コキアの和名を口にした大地に驚きつつ「丸くて可愛いですよね」と応じる。

「可愛いものとか気になったものを見ると、絵に描きたくなるんです」

「それなら、今度見に行ってみるか。たしか茨城《いばらき》の国立公園でコキアが見ごろだとニュースになっていたな」

大地はポケットからスマホを取り出し、片手で器用に操作した。目的の画面を表示させると、志帆に見せてくれる。

彼の言ったように、ニュースサイトでは国立公園のコキアが徐々に色づき始めたと話題が上がっていた。太平洋岸にある公園は四季折々で様々な花々が楽しめるほか、遊園地やバーベキュー広場などが広大な敷地の中にあり、家族連れなども多く訪れるようだ。

「嬉しいですけど、いいんですか……？」

「ああ。休みを調整する。この公園なら日帰りでも行けるしな」

半年間の夫婦生活を穴埋めするかのように、大地は次々に志帆と約束を交わす。

これまでの後悔からの行動かもしれないが、彼もまた志帆と同様に、夫婦としての時間を取り戻そうとしているのだと感じる。

（大地さんの気持ちは、ありがたく受け取ろう）

彼と交わす約束に胸を弾ませながら、繋いでいないほうの指を二本立てた。

「マンションからお店に来るまでに、約束がふたつ増えましたね」

「これからはもっと増やすようにする」

「そんなに気合いを入れなくても……。でも、嬉しいです。大地さんと話していると、なんだか落ち着きます」

なんの気負いもなく会話ができるのは、彼が真面目に志帆の話を聞いてくれるから。希望に沿うように考えてくれるから、信頼が生まれている。

大地は「そうか」とだけ答えると、かすかに笑った。

穏やかな空気が漂うのを感じながら店内に入る。

目的の携帯ショップは入り口のすぐ近くにあり、足を運ぶと同時にすぐさま店員が寄ってきた。

彼は一緒に店員の説明を聞いてくれた。機種ごとの機能をあれこれと説明されたものの、あまり詳しくない志帆はいまいちピンとこない。その代わりに、大地は店員よりもよほど詳しく、わかりやすい説明に聞き入ってしまうほどである。

様々な機種を検討した結果、前に使っていた機種のハイエンドモデルに決めることができた。

「大地さんがいてくれてよかったです。わたし、あんまり機械は詳しくなくて」

もろもろの手続きを済ませたあとは、店内を見て回ることにした。

長く横に伸びる通路の左右には、いろいろな店舗が揃《そろ》っている。見ているだけで楽しめそうだ。

「何かほしいものはないか？」

ゆっくりと足を進めながら、大地に問われる。考えた志帆は、「今のところ思いつきません」と答えると、彼がやや考える素振りを見せた。

「それなら、俺の行きたい店に付き合ってもらっていいか？」

「もちろんです。どのお店ですか？」

ちょうど案内板が見えたので、そちらへ向かって尋ねる。大地も正確な位置はわからなかったようで、現在地を確認しふたたび歩き出す。

（どこへ行くんだろう？）

一緒にいると、大地は志帆の希望を叶えることを第一に考えている節がある。何か必要なものを尋ね、常に気を配ってくれている。それはもう、甘すぎると感じるほどだ。

（大地さんの行きたいお店に行けば、趣味とかわかるかも）

どこへ向かうのかワクワクしていると、彼の足がある店の前で止まった。

「えっ、ここは……画材屋ですよ？」

「家に絵を描く道具はなかったんだろ？」

「はい。昨日、部屋を見てみましたがありませんでした」

一応自室のクローゼットや寝室も探してみたが、画材もなければスケッチブックも見あたらなかった。

「結婚を機にやめたのかもしれないです」

「やめたのなら、また始めればいい。病室でも描いていたし、好きなんだろうから」

大地は驚く志帆の手を引き、店内に入った。だが、携帯ショップとは違って勝手がわからないようで、繋いでいた手をそっと離す。

「俺がいてじっくり吟味できないなら、店の外で待っている」

「大丈夫です。もう……気を遣いすぎです。そんなにわたしばかりを優先していたら、大地さんの好きなことができないじゃないですか」

「俺は、きみが楽しそうにしている姿を見ていれば満足だ。それに、恋をしてもらうには好感を持ってもらわないと。これでも、好きになってもらうために試行錯誤している」

真剣な表情だった。冗談を言っているようには見えず、思わず照れてしまう。

(真面目というか……まっすぐな人なんだ)

志帆は、離れてしまった手を自分から握った。今の気持ちを、正直に伝えるためだ。

「わたしにも、大地さんのこと教えてください。何が好きとか苦手とか」

「俺の……？」

「そうじゃないと不公平です。だって今のままだと、わたしばっかりあなたに好感を持つじゃないですか」

「っ……」

息を詰めた大地は、照れたように志帆から視線を逸らした。

「ずるいな、きみは。たったひと言で、俺を喜ばせる」

そんなつもりはなかった。ただ、素直な気持ちを言っただけだ。でも、彼が喜んでくれるのなら、これからも気持ちを伝えていきたいと思う。

(ずるいのは大地さんのほう。年上で女性慣れしていそうなのに、可愛いところもあって

……それに優しくて紳士的だし）

過去を悔やみ、やり直そうと必死になる真面目さも、不器用に距離を測ろうとしてくれるところも好ましい。

そもそも大地は、努力しなくてもすごく素敵な人だ。彼と一緒にいると、この先どんどん気持ちが引き寄せられることを予感した志帆は、照れくさくなって目を伏せた。

「えっと……せっかくなので、スケッチブックを買います。入院中に一冊描き終えてしまったので、ちょうど新しいものがほしかったんです」

「そうか。スマホの引き渡し時間までまだあるし、ゆっくり見よう」

安堵《あんど》したように微笑む大地にドキリとする。

自分の趣味を理解しようとする彼に、ひそかに胸をときめかせていた。

大地と画材屋を出ると、無事に新しい端末を受け取った。

「スマホも新しいスケッチブックも買えたのでよかったです」

「何かあったら、メッセージでも電話でもいい。俺に一番に連絡してくれ」

「わかりました。連絡先は全部クラウドにバックアップしてあるので、家に戻ったらさっそくスマホに移しちゃいますね」

志帆の言葉に、大地はややあってから近くにあるベンチを指し示した。「少し座ろう」と提案され、木製の長椅子に一緒に座る。すると彼は、自身のスマホの画面を志帆に見せた。

「俺の番号とアドレスを最初に登録してほしい」

「えっ……」

意外なことを言われて驚いていると、大地が真面目な口調で続ける。

「子どもっぽい希望だとわかっている。だが、なんでもいい。志帆の一番になりたい」

あまりにも真剣に告げられた志帆は、間髪《かんはつ》を容れずに「いいですよ」と答えた。彼が、スマホの登録だけのことを言っていない気がしたのだ。

(どうして大地さんは、不安そうなんだろう……？　わたしの記憶がないから……？)

不思議だったけれど、彼がそんな些細なことで安心するのであれば、叶えたいと思う。

「じゃあ、私のスマホに大地さんの連絡先を登録してください」

スマホを差し出すと、さっそく彼は自分の端末にＱＲコードを表示させ、志帆のスマホに読み込ませた。大地の手つきは無駄がなく、画面をタップする長い指が綺麗で見入ってしまう。

「できた」

画面には、彼の名前や連絡先が表示されていた。まだ誰も登録されていない新しいスマホに、彼の名前だけがあるのはくすぐったい気分だ。

「ありがとうございます。なんだか変な感じです。男の人の連絡先なんて、今までは父と従兄弟くらいしか入っていなかったので」

「これからは、俺の名前にも慣れてくれ。違和感がなくなるまで、電話やメッセージを送ってもいいな」

真面目な顔をして大地が言う。

彼はその場にいるだけで絵になる人だ。今だって女性から視線を浴びている。それなのに、ほかの人には目もくれず『志帆の一番になりたい』と言ってくれるのだ。ときめかないはずがない。

じわじわと頬が熱くなるのを感じた志帆は、じっと彼を見つめた。

「大地さんは、話せば話すほど見た目のイメージと違いますね」

「そうか？」

「クールというか、近寄りがたい印象があるのに、可愛いところがあったりして」

「……そんなことは初めて言われたな」

意外そうだったが、大地は「きみに可愛いと言われるなら悪くないな」と、志帆の発言を楽しんでいた。

結婚生活は、彼が多忙だったことから、一緒に過ごす時間が取れなかったようだが、それでも幸せだったと思う。これだけ真摯に向き合ってくれる人と結婚したのだから、不満など抱けば罰があたるだろう。

「ああ、そうだ。忘れるところだった」

大地は、「貸してくれ」と志帆のスマホを手にすると、カメラを起動させた。手を掲げ、フレームに収まるようわずかに身体を寄せる。

「もう少しだけ近寄ってもいいか?」

「は、はい」

まさかこのタイミングで写真を撮るとは予想外だ。けれど志帆は嬉しかった。写真が嫌いだと言っていたのに、自ら約束を守ってくれようとしている。彼が志帆を大切に思っている証が、またひとつ見つかった。触れた肩口にドキドキしつつ画面を見ると、少ししてシャッター音が聞こえた。

「どうだ?」

「綺麗に写ってますね。ありがとうございます! 大地さんはかっこいいから、写真写りもいいんですね」

気分を弾ませながら彼に告げると、彼は「そうか」と短く答えただけだった。

写真のふたりの表情は穏やかで、特に志帆はとてもいい笑顔をしている。客観的に見た自分はどう見ても幸せそうで、自覚すると照れくさい。

「最初に断っておくが、罪滅ぼしをしたいから撮ったわけじゃない。ただ、きみが喜ぶことをしたかっただけだ」

「そう……なんですか？」

「ああ。俺は、きみを喜ばせたいんだ」

淡々とした口調なのに、真摯さを感じさせる声音だ。

近寄りがたいくらい整った容姿ながら、話せば生真面目で面白みがあり、それでいてなぜか少し陰を感じさせる大地。彼を知れば知るほど、魅力的だと志帆は思う。

おもむろに立ち上がった大地は、志帆に手を差し出した。

「どこかほかに見たい店はあるか？」

「大丈夫です。夕食の材料は、昨日連れて行ってもらったスーパーで買ってありますし。大地さんに寄るところがなければ帰りましょうか」

スマホをしまい、大地の手を取った志帆はふわりと微笑む。

ごく当たり前のように自分が『帰る』と言ったことを、志帆は少しだけ気恥ずかしく感じていた。

＊

志帆と手を繋いで帰る道すがら、大地は自分が柄にもなく浮かれていることを自覚し、内心で自嘲した。

こんなふうに、ごく普通の恋人や夫婦のように過ごせるようになるまでに半年を費やしている。それも、自分が愚かなせいで。

にもかかわらず、彼女はふたりで写真を撮るだけで、大地の罪悪感を拭い去ろうとしてくれた。記憶がないからこその発言かもしれないが、もともと心根が優しいのだ。

(よく笑ってくれているな)

半年間の結婚生活で、彼女の笑顔を見た記憶はほとんどない。志帆が歩み寄ろうとしてくれていたのに、受け入れることができなかったせいだ。

昨日、スーパーで買い物をしていたとき、彼女が初めて作ってくれた朝食の話になったが、メニューを覚えていたのにはわけがある。大地はその日、あえて志帆の料理に口をつけなかったのである。

朝食はとらない主義だった。実家にいたときからそうだ。けれど、用意されていた朝食に手をつけなかった理由はそこじゃない。ただ、志帆に対する不信感と憤りだけでした行動だった。

あの日は、焼き鮭に海苔《のり》、白米に味噌汁《みそしる》といったごく普通の朝食が食卓に並び、椀《わん》からは湯気が立ち、香ばしい焼き魚の匂いが鼻をくすぐった。

大地の出勤時間に合わせて用意された、できたての食事。幸せ、という概念を形にするのなら、あの朝の光景に違いない。

しかし、大地は幸せに背を向けた。

それでも辛抱強く夫婦関係を保とうとした志帆は、『忙しくても、朝はしっかり食べないと駄目です』と言ってくれたが、聞き入れることはなかった。

毎日毎日、頑なに自分を無視する夫に食事を作り続けた彼女は、いったいどんな気持ちだったのか。想像することすらおこがましい。

「大地さん、眉間にしわが寄ってますよ」

過去の愚かな自分を悔いていると、心配そうに声をかけられた。「地顔だ」と言ってごまかせば、志帆がおかしそうに口元を綻ばせる。

「大地さんは、怖い顔をしていてもかっこいいですけど、今はちょっとつらそうだったので。もしかして、調子悪いですか?」

「いや……悪かった。大丈夫だ」

彼女は、大地をよく見てくれていた。記憶を失う前も今も、妻として精いっぱい頑張ってくれている。

志帆を蔑ろに扱うなんて馬鹿だった。今さら悔いたところで許されることではないが、せめて記憶のない彼女が不安なく暮らしてくれるよう尽くそうと大地は思っている。

（罪滅ぼしにすらならないな。それどころか、俺のほうが喜ばせられている）

手を繋ぎ、他愛のない話をし、彼女が笑ってくれる。穏やかな時間がここにあった。

志帆を失いたくない。傲慢だと自覚はあるが、そう願わずにはいられない。

「調子が悪かったわけではなくて、考えごとをしていたんだ」

大地は罪の意識という泥濘《ぬかるみ》から思考を振り払い、志帆に目を遣った。今は、とにかく目の前の彼女に集中する。

『恋』をすると約束したから。

「何を考えていたんですか？」

「誕生日プレゼントを渡せていないから、何がいいかと思案していた。ほしいものがあればなんでも言ってくれ」

志帆が事故に遭った日は誕生日当日だった。もちろん、知っていながらも、朝の出がけに声をかけることすらできなかった。今さら、どう接すればいいかわからなかったのだ。

このままでは駄目だと思いながらも、半年間ろくな会話もせずにただ生活費だけを渡すのみで、夫婦どころか同居人程度の関わりしかしてこなかった。

自分がなぜ冷たく接してきたのか、これからどうしたいと思っているのか。

腹を割って話す機会は、いくらでもあった。それこそあの日だって、誕生日を口実に食事にでも誘えばよかったのだ。

（それなのに、俺は）

ぐっ、と歯の根を噛み締めた大地は、気を取り直すように続けた。

「……きみにとってのいい夫になりたい。いや、『恋』をしてもらえる男になりたいんだ。教えてくれ、志帆。俺はどうすればいい？」

「そんな……大地さんは、充分素敵ですよ？」

（きみは、俺がしてきたことを知らないからそう言えるんだ）

だが、自分の行いを伝えるのは今じゃない。懺悔《ざんげ》したところで、自分の気持ちが楽になるだけだ。罪悪感を抱えながら記憶のない彼女を支えることが、今できる唯一の贖罪《しょくざい》方法だろう。

大地の懇願を聞いた志帆は、不思議そうな顔をした。けれどすぐに笑顔を見せる。

「それなら、今度またデートしてください。今日みたいにお買い物でもいいし、近所に散歩へ行くだけでもいいので」

「それくらいじゃプレゼントにならない。それにデートなら、さっきも約束している。きみは、もっと我儘《わがまま》を言っていいんだ」

たったその程度のことを誕生日のプレゼントに望むのは、志帆の慎ましい性格ゆえだが、それでは気が済まない。

我儘を言う権利が志帆にはある。どれだけ無理難題を突きつけられようとも、必ず彼女の願いを叶える心積もりが大地にはある。

「デートがいいんです。わたし、そういうことをしたことないから……。恋をするなら、ふたりで過ごす時間は必須だと思います」

志帆の希望は変わらなかった。

(デート相手に選んでくれたのは嬉しいが……俺は、そんなことすらしてこなかった)

「わかった。デートしよう。せっかくだし、日帰りじゃなく泊まりでホウキギを見に行くか。それとは別に遊園地に行ってもいいし、海を見るのもいい」

「はい！　ありがとうございます。楽しみにしていますね」

心からの笑顔を見せてくれる志帆を見て、胸が締めつけられる。

志帆が記憶を失っているからこそわかる。自分が欲していたのは、些細な日常の積み重ねだったのだ、と。

(俺があのときもっと、志帆の話を聞いていればよかったんだ)

志帆と過ごす〝今〟が幸福なほどに、〝過去〟の自分の行動に心が苛まれる。それでも離れたくないのは、彼女に恋をしているからだ。

今まで女性と付き合ったことは年相応にある。しかし大地は、付き合ってきた女性に恋をしたことがないし、したいとも思わなかった。

心の歪みは自身の家庭環境に起因している。わかっていても、恋などしなくてもいいという考えは変わらなかった。

今となっては、恋愛のひとつやふたつ経験しておけばよかったと思う。そうすれば、初めての恋にこれほど心を乱され、醜悪な姿を晒さずに済んだだろう。

志帆と他愛のない会話をしながら思考の渦に囚われているうちに、マンションの敷地内に入った。すると、出入り口近くに設置してある石造りのベンチに座っていた人物が、大地たちに気づいて立ち上がった。

瞬間、大地は自覚できるほど頬を硬くした。

「あれ？　義也くん？」

その男は、以前からずっと大地が気に入らなかった——この前も、わざわざ志帆の入院先に現れて釘《くぎ》を刺していった男、彼女の従兄弟の花森義也である。

「連絡がつかないから直接来たんだけど、出かけていたんだね。少し待って会えなかったら帰ろうと思っていたけど、会えてよかった」

「事故でスマホが壊れちゃったから、大地さんと買いに行ってたの。番号は変わってないけど、慣れるまでは大変かも」

「志帆は、機械の設定とか苦手だしね」

「うん。連絡先のバックアップも、義也くんに教えてもらわなかったらやってなかっただろうし、おかげで助かっちゃった」

従兄弟だからか、年の差があるにもかかわらず志帆も気さくに話しかけていた。彼女は義也が運営する書道教室の手伝いをしているため、親しくても当然だ。

頭で理解しながらも、自分が立ち入れない絆《きずな》が彼らの間にある気がして苛立ってしまう。

「志帆。立ち話もなんだから、上がってもらったらどうだ？」

複雑な心境を押し殺し、大人の顔で提案した。積極的に招きたい男ではないが、志帆が望んでいるのならそちらを優先させたい。それに義也は、従姉妹を大事にしている。少なくとも記憶のない彼女に過去の話はしないだろう。

しかし義也は、大地の心を見透かしたように苦笑した。

「せっかくですが、用があるので今日は帰ります。志帆、またね」

「うん。心配してくれてありがとう」

笑みを浮かべた義也は、すれ違いざまに大地にだけ聞こえる声で呟いた。

「――四之宮さん、くれぐれも僕が言ったことを忘れないでくださいね」

大地の答えを求めているわけではなく、ただ念を押しただけである。つい振り返ると、義也は志帆に手を振ってその場を後にした。

思わず小さく息をつく。あの男を前にすると、嫉妬心が湧き出てくる。それと同じくらいに、狭量な自分を突きつけられている気がして嫌だった。

「大地さん……義也くんと何かあったんですか？」

エントランスに入ろうとしない大地を怪訝に思ったのか、志帆に声をかけられる。「家に戻るか」と取り繕うように笑みを見せ、彼女の手を引く。

「何かあったというわけじゃない。彼とは、きみが入院しているときに少し話をしただけだ。志帆を大事に想っているんだな」

彼女に心配をさせないように、事実だけを伝える。

話の内容を伝えないのは意図的にだ。嘘はつかないが、自分たちの会話をあえて耳に入れる必要はない。もしも志帆が知る日がくるとすれば、記憶が蘇るか義也の口から語られるときだろう。

志帆は従兄弟の話題は照れくさいのか、「昔からよく面倒を見てもらっていたんです」とはにかんでいる。

志帆が病院に運ばれたとき、義也はいの一番に駆けつけてきた。

事故に遭う直前まで彼女と電話をしていたからか動揺していたものの、病院の廊下で顔を合わせるなり殴りかかってきた。

『志帆に何かあったらあなたのせいだ！』

普段は柔和で礼を欠かさない男から向けられた怒気に、大地は言い返す気力もなかった。胸ぐらを摑まれた時点で振り払うこともできたが、あえてそうしなかった。

深夜の病院の廊下で殴られた挙げ句、床にたたきつけられたが、自業自得だ。

志帆が車と接触したときに、大地は目の前にいた。にもかかわらず、何もできなかった。それ自体は、責められることではないかもしれない。だが、彼女が家を出た原因は、間違いなく大地にある。

『志帆は電話で、「もう駄目かも」と言っていたんだ……！　何をしたかは知らないが、あの子が弱音を吐くなんてよっぽどのことだ』

――俺のせいだってことは、指摘されなくてもわかっている。

義也に見下ろされ怒声を浴びながら自嘲する。

家を出た志帆を追いかけたはいいが、彼女は大地の目の前で事故に遭ってしまった。雨でスリップした車が彼女に向かっていく光景は、今でも目に焼きついて離れない。

助けようと手を伸ばしても遅かった。地面に倒れ込んだ志帆を見たときには、心臓が止まるかと思った。

すぐに救急車を呼んで到着を待つ間も、気が気じゃなかった。手が震え、呼吸が浅くなり、墨汁を垂れ流したように目の前が濁っていく。

それでも警察を呼び、志帆の家族に連絡し、車の運転手とも話をした。正直、自分が何を言ったのかも覚えていないが、どれだけ動揺していようとも、他者に悟らせない術は身につけていた。それは今の立場ゆえのことでもあったし、育った環境によるものでもある。

『志帆は結婚しても幸せそうじゃなかった。それなのに、実家に戻れと言っても聞かなかった。どんどん志帆が笑わなくなっていったのはあなたのせいだろう！』

義也の言葉が心臓を抉《えぐ》る。それと同時に、憎しみが湧き出《い》でる。

前からこの男が嫌いだった。志帆のすべてを理解しているような顔で、当たり前のように彼女の一番近くにいる。彼らを見ていると、まるで自分こそが邪魔者なのだと思わされる絆を感じ、劣等感が刺激された。

くだらない嫉妬心だ。しかし、大地の根幹にある女性への不信感も相まって、歪んだ嫉《そね》みは肥大してしまった。

——だが……それでも。

『きみにそんなことを言われる筋合いはない。志帆の夫は俺だ』

大地は拳を握りしめて立ち上がり、義也を見据えた。

『志帆に責められるのは当然だが、きみに責められる覚えはない。彼女が目覚めたら許してもらえるまで謝罪し、志帆の気持ちを必ず取り戻す』

それは、義也に、というよりは、自分自身に刻んだ言葉だった。

今まで夫らしいことをしてこなかったくせに、と、脳内で自分を嘲る声が聞こえる。それでも、ここで引き下がるわけにはいかなかった。

——くだらない嫉妬をしている場合じゃない。今は、志帆のことだけを考えたい。

志帆が目覚めたら、やり直したいと伝えよう。それだけを念頭に病院に詰めていたのだが、意識が回復した彼女の記憶から大地は消えていた。

（それでもいい。こうして、やり直せる機会を得たんだから）

自分の卑小さから目を逸らし、思考の渦から浮上する。

部屋に戻ると、志帆は笑顔で購入したばかりのスケッチブックを取り出していた。

たったこれだけのことで彼女が笑ってくれる。それが大地には嬉しく、今まで自分がいかに志帆の笑顔を奪ってきたのかを思い知らされる。

「大地さん、ありがとうございます」

「何がだ？」

「スマホも画材も買ってくれましたよね。一緒に写真も撮ってくれたし、デートの約束もしてくれたじゃないですか」

「そんなこと……夫婦なら当たり前だろう」

「えっ、わたし、そんなに我儘だったんですか？」

志帆の返答を聞いた大地は、首を傾げる。今の会話で、彼女が我儘だったと感じさせる要素を見出せなかったからだ。

「……きみが我儘だったことはない。どうしてそう思ったんだ？」

「記憶を失う前、当たり前のようにものを買ってもらったりしてたのかなって心配になったんです。大地さんは優しいので、わたしの我儘も聞いてくれちゃいそうで」

「俺は、優しくない。利己的で傲慢な人間だ」

せっかく褒めてくれた志帆の言葉を思わず否定した。

今の自分は、彼女に恋をしてもらうために必死で優しくしようとしているだけに過ぎず、そんなふうに言ってもらえる人間でもない。

けれど志帆は、「そうなんですか？」と、まるで気にしていないように笑う。

「大地さんのこと、もっと教えてください。あなたに対する解釈が気に障ったら言ってほしいし、わたしのことも知ってほしいので」

志帆に告げられた瞬間、頭の中が真っ白になった。

無意識に手を伸ばした大地は、彼女を思いきり抱きしめそうになり、すんでのところで踏み留まった。約束を、思い出したからだ。

「……志帆。抱きしめさせてくれないか」

「え……」

「頼む……」

自分でも必死すぎて呆《あき》れる。だが、どうしても志帆に触れたかった。希《こいねが》うように見つめると、最初は驚いていた彼女は小さく頷いた。

夫婦として実感はないだろうに、それでも大地を夫として受け入れようとしてくれる気持ちが嬉しかった。

「ありがとう」

大地は、そっと彼女の身体を抱きしめた。

志帆の少し速い鼓動が伝わってくる。力加減を間違えれば壊れてしまいそうなほど華奢《きゃしゃ》だった。腕の中にすっぽりと覆われてしまうくらい細く小さな身体で、この半年ずっと孤独に耐えてきたのかと思うと罪悪感が増す。

大地は、まるで懺悔をするかのような気持ちで彼女に告げた。

「俺は、恋をしたことがない。今までの人生でもしたいと思わなかった」

身体の奥底から絞り出すように告げ、彼女の肩に顔を埋める。

おそらく志帆は、自分たちが普通に夫婦関係を築いてきたと勘違いしている。だからこそ、大地を信頼し、恋をしたいと言ってくれたのだ。

本当のことを告げないまま、彼女と恋をするなんて厚顔だ。それでも、伝えずにはいられない。

「……どうして、恋をしたいと思わなかったんですか？」

志帆は、腕の中で身じろぎひとつせず静かに問うた。

こんな話は、記憶のある彼女にも、ほかの誰にもしたことはない。自分の弱みになると
――恥だと思っていたのだ。

だが、志帆には知っていてもらいたい。大地にとっても、それは必要なことだと思えた。

を保って彼女に話す。

「俺の育った環境が理由のひとつだ」

大地は、静かに語り始めた。自ら臓腑《ぞうふ》を抉り取るような不快感があるが、それでも平静を保って彼女に話す。


今でこそIT企業の社長などという立場にいるが、裕福ではない家庭で育ったこと。大地が小学生のとき父母が離婚したこと。別れた理由が、母の不貞だったこと。

「俺がちょうど七歳になったころのことだ。それまでも喧嘩《けんか》の絶えない夫婦だったが、あるとき母は俺と父を捨てて男のもとへ走った」

学校から帰ってきた大地は、母がリビングに離婚届を置く姿を見た。傍らにはキャリーバッグがあり、明らかに家を出て行くとわかる格好だった。

結婚当初、父は祖父の興した飲食業を基幹とする大手企業の役員として働いていた。しかし、業績不振によって責任を取らされた末に、あっけなく子会社に出向。創業者の直系を疎んだ取締役のひとりに蹴落とされた。つまり、社内政治に負けたのである。両親が結婚し、大地が生まれてわずか三年のことだった。

父の年収が激減し、そこから夫婦仲が悪くなった。それまで住んでいた高級マンションから築年数の経ったアパートへ引っ越し、父はどんどん酒量が増えていった。

大地の記憶にあるのは、安アパートで酒を飲みながらくだを巻く父と、貧乏を嘆いて癇《かん》癪《しゃく》を起こし、父を罵る母の姿。毎日のように繰り返される光景は、大地にまず『金こそすべて』で、『自身の目的のためなら他人を踏みにじって当然』だという価値観を与えた。

絶対に父のような負け犬にはならない。他人を陥れてでものし上がってみせる。

初めて芽生えた野心だったが、子どもの身でできることは限られている。

まずは父が元の立場に返り咲き、金を手にすれば両親が争うことはなくなる。そう考えた大地だが、母はそうそうに父に見切りをつけていた。

ひとりの女としては、ある意味正しい選択だったのかもしれない。ただ、母親としては最低だ。余所に男を作って夫と子どもを捨てたのだから。

「俺は女性を信用していなかった。ほかに条件のいい男がいれば、子どもを平気で捨てて行くんだろうと思うと結婚も考えられなかったし、刹那的な付き合いばかりしてきた。写真が嫌いなのも、先々変化する関係を残しておくのが嫌だったんだ」

大地が経験したことなど、どこにでも転がっている話かもしれない。しかし、両親の争う声から逃げたくて頭から布団をかぶっていた日々も、母が父と自分を捨てて家を出て行った日の姿も、充分に心を傷つけた出来事だった。

夫婦関係のもろさに、人間の強欲さに、大地は絶望したのだ。

「……だから俺は、恋も愛も所詮は幻想だとずっと思ってきた。女性に対してずいぶんとひどい態度だったし、恨まれていてもしかたない。……もちろん、きみにも」

「そんなこと……」

「いいんだ。俺がろくでもない人間なのはわかっているし、家の環境が劣悪だったとしてもまともに育っている人だっている。それなのに俺が歪んでいるのは、すべてを母のせいにして逃げていたからだ」

高校を卒業するまで、大地は父と一緒に暮らしていた。母が出て行ってから十年過ぎたころには会社の業績もなんとか持ち直し、父は本社に復帰した。上手く時流に乗ったことで、それまで不遇の時を過ごした派閥の人間に祭り上げられ、社長の座に就いたのだ。

いずれ跡を継ぐよう言われた大地だが、実家とは縁を切りたかったため、『跡は継がない』と伝えた。激怒した父に学費の支払いを拒否されたものの、奨学金制度を使って大学進学を果たしている。

大学では金を稼ぐ術を学び、人脈を築いた。幸いなことに勉強は嫌いではなかったし、整った容姿と他人に好かれる人物像を作ったおかげで、周囲には常に人が集まってきた。だが、大地は誰にも心を許さなかった。必要性を感じなかったのだ。自分の周りの人間は、利用するかされるかのビジネスライクな関係で、信頼などしていない。

志帆との結婚も最初はただの政略だった。それなのに、本気になり――恋に落ちてしまった。大地の心に巣食《すく》っていた不信感を拭ったのは、彼女の存在にほかならない。

「俺は、きみと本気で恋がしたい。……志帆に、愛してほしいんだ」

零れ落ちた本音は、ひどく格好悪いものだった。無情なことをしておきながら、彼女に縋《すが》り、懇願し、愛を乞うている。

自分の背景を明かすのは怖い。大っぴらにしたい話でもないし、封印したい過去と向き合うのは勇気がいる。

それでも、今の大地にできるのは、なんの虚飾もない心を志帆に晒すことだけだ。

「大地さん」

名を呼ばれて顔を上げると、そっと胸を押された。少し身体を離した志帆は、まっすぐな眼差しを大地に注ぐ。

「記憶を失う前のわたしには、今の話をしなかったんですか？」

「……ああ。弱みを見せたくなかったし、格好をつけたかった。両親に愛されて育ってきただろうきみに、こんな過去を知られるのが恥ずかしかったんだ。情けないが、俺は誰に対してもそうやって接してきた」

誰かを信じて裏切られるくらいなら、最初から誰も信じないほうがいい。そうやって生きてきたはずなのに、志帆に恋をして何かが狂った。

義也に嫉妬し、一番大切にしなければならなかった彼女を傷つけた。今までの人生で、何者にも感情的になったことなどないというのに。

「俺は……きみが初恋、なんだ」

志帆の視線を受け止めた大地が、絞り出すように告げる。

ここまで自分の心の内側を晒したことは初めてだった。普段は誰にも触れられないように、ずっと隠してきた大地の本心だ。

相手に気持ちを明かすのは怖い。受け入れられなければ、自分の存在が否定された気になるからだ。今まで人と深く関わってこなかったからこその弊害ともいえる。

「情けなくなんか、ないです。……ありがとうございます、大地さん」

志帆は目を逸らさないまま、穏やかに続けた。

「記憶をなくしたわたしと恋をしようと思ってくれたのも、昔のことを話してくれたのも、信頼してくれたからですよね」

「……ああ。ただ、勘違いしないでほしいのは、今まで志帆を信用していなかったわけじゃないってことだ。話せなかったのは、俺のくだらないプライドのせいで……」

「わかってます。それでも、今まで話してくれていなかったことを話してもらえて嬉しかったんです。大地さんに、弱みを見せてもいいと思ってもらえて……記憶のないわたしを受け入れてもらえた気がしました」

志帆の言葉に嘘はない。純粋に、大地に礼を告げている。

(俺が思っているよりもずっと、記憶を失ったことが不安だったんだな)

「きみの記憶があってもなくてもいい。俺が志帆を好きなことに変わりはない。きみがそばにいてくれるなら、それでいい」

大地は、彼女を安心させるように微笑んだ。

この半年間――いや、両親が不仲になってからずっと、大地の視界は灰色だった。自分がひどく無価値に思え、それを否定するように金を稼ぐことに邁進《まいしん》した。

地位も財産も築いた。それでも満たされなかったのは、心の奥に〝自分は捨てられた人間〟だという思いがあったから。

（志帆は俺とは正反対の人生を歩んできた。だから、よけいに惹《ひ》かれた）

彼女と見合いをしたのは仕事の一環だ。だが、いざ会って話をしてみると、志帆に心を奪われた。

『あの、先日は助けてくださってありがとうございました』

見合い当日。彼女とふたりでホテルの庭園を散策していると、志帆から礼を言われた。

彼女から切り出されるのを待っていた大地は、内心でほくそ笑む。出会いを仕組んだ効果が如実に表われていたからだ。

大地が自分を覚えているか不安そうな志帆に、『釣書を見てすぐにわかりました』と笑ってみせた。

『あれ以来、妙な男は来ていませんか』

好青年を演じて尋ねれば、志帆はぽつぽつと大地と出会ったときの状況を語った。

毅然《きぜん》と対応していたように見えたが、もともと異性との接触が苦手だったこともあり、じつはかなり動揺していたという。

『あのときは本当に助かりました。お見合いをする前に会っていたなんて、なんだか不思議な縁ですね』

大地によって作られた縁だとは知らず、志帆は微笑んだ。一度会い、しかも助けてくれた男ということで、目論みどおり好感を抱いたようである。

少し話をしただけでも、両親から愛され、まっすぐに育ったのだとすぐにわかった。

――羨ましい、と思った。彼女の素直で実直な性格や、意外とはっきりものを言うところ、育ちのよさを窺わせる所作を見ていると好ましかった。

しかし、自分がひどく卑小な人間に感じられ、劣等感が頭を擡《もた》げた。

鷲宮家と縁を繋ぎ、会社の利益を得ること。そのためにわざわざ見合いをした。それなのに、彼女とふたりきりになった大地は、書道教室前の出来事のほかは気の利いた会話もできず、自分でも呆れるくらいのコミュニケーション能力しか発揮できなかった。自ら女性に言い寄ったことがなかったことも影響していたのだろうが。

――こんなはずじゃなかった。

庭園内にある池のほとりで足を止め、大地は内心でため息をついていた。

好感を持たせるために、適当に話を合わせておけばいい。頭では理解していながらできなかったのは、上辺だけの言葉が響かないと思ったから。そう感じたのは、幼いころから人の顔色を窺ってきたからかもしれない。

『私は、この話を進めたいと思っている。だが、きみが私との結婚を考えられないなら、遠慮せず言ってほしい』

結局、策を弄することを諦めた大地は、志帆との縁だけは繋いでおきたいと思った。見合いを進めたいと考え、彼女の意思をストレートに確認した。これは、日ごろ本心を見せない大地にすれば、かなり珍しいことである。

それまで淑やかに笑みを浮かべていた志帆は、大きな目を瞬かせた。

『ありがとうございます、光栄です。でも、じつは……わたし、今まで誰ともお付き合いしたことがないんです。至らない部分も多いかと思いますが、よろしくお願いします』

綺麗なお辞儀をした志帆に、思わず見蕩れた。

清廉とは、彼女のような人間を表す言葉だ。そして、柄にもなく思ったのだ。彼女に自分が近づいてもいいのだろうか、と。

『本当に、私でいいんですか』

気づけばつい尋ねていた。話を進めたいと言っておきながら、なんとも間の抜けた問いかけだ。それでも、誰とも付き合ったことのない彼女が、初めて付き合う相手が自分のような男でいいのかと聞かずにはいられなかった。

頷いた志帆は、迷いを感じさせない清々しさで、笑みを浮かべた。

『いただいたご縁を大切にしたいと思いました。それに、わたし……結婚するのなら、四之宮さんがいいです』

『……どうして会ったばかりなのにそう言いきれるんです？』

『四之宮さんの話し方はとても落ち着くんです。先ほども言いましたが、わたしは異性との付き合いに不慣れで……ですが、不思議とあなたと一緒にいても、変な緊張をしないんです。身内以外ではこんなことは初めてだったので』

だから、ここで縁を終わらせたくないと志帆は語った。

彼女の置かれている環境だけを見て、勝手に苦労知らずのお嬢さまだと想像していたが、そうではない。志帆も人知れず悩み、苦労してきたのだ。

それから大地は、真剣に彼女と向き合おうと決めた。もともと好感を持った女性だったこともあり、恋に落ちるのに時間はかからなかった。

会うほどに、話すほどに、志帆が愛しくなっていた。だが、まともな恋をしてこなかった大地には、好きな相手に気持ちを上手く伝えるスキルがなかったのだ。

「俺がきみに、恋をしよう、と言うのは間違っているんだ」

志帆との見合いの席を思い返しながら、大地は深く息をついた。

恋愛スキルが皆無だから。自分を必要以上によく見せようとしていた。

（本当に必要だったのは、そんなことじゃなかった）

彼女を失いかけて気づくのだから救いようがない。それでも大地は、初恋を成就させるために必死に足掻く。それがどれだけ見苦しかろうとも。

「俺はもう、きみに恋をしている。記憶があってもなくても、この気持ちは変わらない」

「大地、さん……」

「だから、志帆の気持ちが俺に向いてくれるまで待つ。俺に恋をしてくれるように努力する。でも、もしも俺が暴走していたら言ってほしい。きみの嫌がることはしたくない」

自らの努力で得た社長という立場や、築いてきた財産を抜きにすれば、大地自身に残るものは何もない。妻に恋い焦がれるだけのただの男だ。

「……はい。わかりました」

志帆は、嬉しそうに了承してくれた。その穏やかな笑みを見た大地は、内臓が絞り上げられるような感覚を味わう。

つらい思いをさせた志帆を幸せにしたい。今度こそ夫婦として生活をしたいと、大地は強く願っていた。

3章　恋する夫婦

大地と生活を始めて半月。志帆は、とても穏やかな時間を過ごせていた。

朝は一緒に朝食をとって彼を見送り、夜は帰りを出迎えて一緒に食卓を囲む。遅くなるときは必ず連絡をくれていたし、準備をした食事を無駄にすることはなかった。

休日は、ふたりで近所に買い物に出かけたり、新しくできたカフェに寄ったりしている。特別なことをしているわけではないが、大地と一緒にいると心地がいい。ふと気づけば彼はいつも自分を見てくれていて、それがくすぐったくも嬉しかった。

（きっと、すごく気を遣ってくれているんだろうな）

大地の勤務体系は、普通のビジネスマンと変わりはない。ただ、休日に打ち合わせや接待が入ることもあれば、平日でも深夜帯の帰宅になることがある。そういうとき彼は、マンションにひとりでいるのは退屈だろうと、実家に戻ってもいいと言ってくれた。

でも志帆は、その提案を断っている。彼が数日間留守にするのであれば実家へ行くことも考えるが、そうでなければ部屋で大地を待ちたかった。

『いってらっしゃい』と見送るときも、『おかえりなさい』と出迎えるときも、彼はとても嬉しそうに笑ってくれる。

端整な顔を惜しげもなく喜びに染める大地を見ると、心臓がぎゅっと鷲掴みにされた。それと同時に、〝過去〟の自分が羨ましくなった。

ごく当たり前の挨拶をしただけで嬉しそうな大地の姿は、自分がとても愛されていたのだと伝わってくる。しかしそれはあくまでも、今の自分ではないのだ。

(考えてもしかたないのに)

彼は、『記憶があってもなくてもいい』と言ってくれている。それは本心に違いない。だが、大地が恋をしてくれたのは過去の自分だ。それが少しだけ寂しい。そんな気持ちになること自体、彼に心を奪われている証なのだろうが。

(こんなふうに、誰かのことを考えてドキドキする日がくるなんて)

大地が微笑んでくれると心の奥が温かくなるし、つらそうだと胸が痛くなる。一日の中で彼のことを想う時間の割合が多く、戸惑ってしまうほどだ。

キッチンでつらつらと考えながら夕食の準備をしていた志帆は、カウンター越しにリビングの時計に目を向けた。時刻は午後八時。スマホに連絡が入っていないことを確認し、コンロの火を止めた。

(予定どおりだと、大地さんがそろそろ帰ってくるかも)

そわそわしてキッチンから出たとき、玄関のドアが解錠された音がした。急いで玄関へ向かうと、ちょうど大地が入ってきたところだった。

「おかえりなさい」

志帆が出迎えると、微笑んだ彼が「ただいま」と答えてくれる。

些細なやり取りだけで幸せを感じたり、大地の一挙手一投足にドキドキする理由に見当はついている。しかし、彼にどのタイミングで伝えればいいのかわからない。

(普通の人は、どれくらい好きだって思ったら告白するんだろう?)

大地に『恋をしている』と明かしたい気持ちはあるものの、果たして自分の感情は彼の想いに見合うものなのか。そんなことまで考えてしまい、初めての恋に振り回されている自分がいた。

「今日は先にシャワーを浴びてくる」

「わかりました。お風呂から出るころに、夕食を用意しておきますね」

努めて普通の態度で答えた志帆は、彼がバスルームに入ったところを確認して息をつく。

(ちょっとは、夫婦っぽくなってるかな……)

相変わらず寝室は別々だし、大地は不用意に志帆に触れてこない。約束を守ってくれているから、安心して同居できている。

とはいえ、彼の厚意に甘えてばかりではいけないとも思う。

（わたしも、大地さんの気持ちに応えていかないと）

ひそかに気合いを入れたとき、背後から声が聞こえた。

「志帆、シャンプーの替えがどこにあるか聞きたいんだが」

「あっ、それなら今日買って洗面所の棚に……」

振り返って答えた志帆は、次の瞬間固まった。大地が、シャツを脱いで上半身裸だったからだ。

「そうか、悪い」

「い、いえ……」

ほどよく鍛えられた身体を目の当たりにし、思わず赤面してしまう。間近で異性の素肌を見たことはなかったうえに、今一番心を動かされる人の無防備な姿を見れば、意識をするなというほうが無理である。

（前のわたしは、見慣れていたのかな……夫婦だし、当たり前だよね）

志帆は大地を直視できず、視線を彷徨わせた。ほんの一瞬だけなのに、瞼の裏に焼きつくほど彼の素肌はインパクトがあった。色気が尋常ではないのだ。首筋から鎖骨にかけての男性らしいラインも、割れた腹筋も、思い出すだけで顔が熱くなる。

しかし大地は志帆の様子に気づいていないのか、「すぐに出る」と言って、バスルームへ戻っていく。

残された志帆は、火照った頬を両手で包み、その場にしゃがみ込む。

（心臓に悪いよ……）

彼に対する気持ちがどんどん育っていくのを感じ、ひとり身悶《みもだ》える志帆だった。


夕食後。シャワーを浴びてリビングに入ると、大地がソファで横たわっていた。具合が悪いのかと焦ったが、うたた寝しているだけのようだ。

（疲れてるのかな）

仕事をしていたのか、テーブルの上に書類が載っている。社長という立場は、志帆が考えるよりずっと重圧があるのだろう。

そんな彼を支えたい。けれど、記憶がないせいで逆に気遣われているのが申し訳ない。思えば彼は、なるべく一緒の時間を作ろうとしてくれている。志帆が退院してからは、どうしても外せない会合以外は極力断っているようだ。

無理をしないで、と彼に告げたことはあるが、大地は聞き入れなかった。それどころか、「志帆と過ごす時間を大事にしたい」と、必ず会話を交わしていた。たとえば、今日はスーパーで肉の安売りをしていたから買いすぎた、という取るに足らない話題でも、きちんと耳を傾けてくれるのだ。

「……無理だけはしないでくださいね」

声をかけたもののまだ起きる気配はない。こうしてしげしげと彼の顔を見る機会はあまりなく、初めて見る寝顔につい見入ってしまう。端整な顔をしている夫は、寝姿も綺麗だ。

別々の寝室だからか、なおさら目が離せずにいる。

（……って、ちゃんとベッドで寝ないと疲れが取れないよね）

部屋に移動してもらおうと、声をかけようとしたときだった。

「志、帆……」

彼はどこか苦しげに眉根を寄せ、ぼそりと呟いた。起きている様子はないから寝言なのだが、その切なげな声に志帆はドキリとする。

（こんな顔をするなんて……どんな夢を見ているの……？）

「大地さん……？」

声をかけると、大地はうっすらと目を開けた。次の瞬間、腕を引かれて抱きしめられる。

（えっ……）

彼の胸になだれ込み、腕の中に閉じ込められてしまう。

突然の行動に息を詰めたが、それもわずかの間のことだった。大地が寝ぼけているのは明らかだったし、無意識なのだとわかっているからだ。

（どうしよう……？）

彼を信頼しているから、触れられても恐れはない。むしろ問題なのは自分だ。心臓がかなりの速さで拍動し、顔に熱が集中している。

半年の結婚生活で、抱きしめられることもあったはずだ。もちろん、それ以上のことも。彼の匂いやぬくもりを感じているだけでドキドキするのに、キスをしたり身体を重ねたことがあったなんて信じられない。

しばらく身じろぎせずにいると、切実な声が鼓膜を震わせた。

「どこにも……行かないでくれ……志帆」

途切れ途切れに聞こえる声はやはり寝言のようで弱々しいが、志帆を抱きしめる腕の力が強くなる。まるで、どこへも逃さないと言っているかのようだ。

大地がどうしてそこまで苦しんでいるのか、理解してあげられないことが寂しかった。志帆はわずかでも彼の心が晴れればいいと、自分を抱きしめている腕に触れる。

「どこへも行きません。だから……安心してください」

宥《なだ》めるように告げると、小さな呻《うめ》き声が聞こえた。

「う……ん」

「大地さん、寝るならベッドでのほうがいいですよ……？」

そろそろ起きる気配を感じ、小声で告げる。すると、「志帆……？」と、まだ半分覚醒していないような状態だった彼は、ややあって弾かれたように抱きしめていた腕を解いた。

ようやく解放された志帆が少し離れると、起き上がった大地が自身の額に手をあてて混乱している。

「これは、どういう……」

「起こそうと思ったら、大地さんが寝ぼけたみたいで」

「っ、悪かった！　約束していたのにこんな」

「大丈夫です。大地さんが寝ぼけてたのはわかってます。それに、お疲れですよね」

ちらりとテーブルの書類を視界に入れた志帆に、大地が首を左右に振った。

「言い訳にならない。きみとの約束は必ず守ると言ったのに」

無意識の行動がよほど衝撃だったのか、彼は頭を抱えている。

普段、紳士的であまり感情的にならない人だけに、志帆は驚いてしまう。「気にしないでください」と宥めるも、恐縮するくらい謝罪された。

彼の姿に、またひとつ信頼が積み重なる。

(誠実な人、なんだな)

大地のことを知るたびに、好感が高まっていくのを感じた。

数日後。志帆は今日の夕食のメニューであるカレーを味見し、笑みを浮かべた。

「うん、上出来」

味に満足し、ひとり頷く。こうして料理をしている時間が、最近楽しかった。大地は志帆が何を作っても残さず食べ、嬉しそうに食事をしてくれるからだ。

彼の喜んでくれる顔を想像すると、気持ちが弾む。今は毎日が楽しくてしかたない。

（あれから、大地さんが必要以上に距離を取ってるのは気になるけど……）

寝ぼけて志帆を抱きしめた大地は、それ以降ずいぶん自身の行動を注意していた。ものを受け渡すときに偶然手が触れただけでも謝るほどである。

彼に手を握られたり、抱きしめられたりすることは今までもあったし、むしろもっと自然に触れ合いたいと思うようになった。大地が志帆を尊重し、大事にしてくれる実感があるからこその感情だ。

（自分から手を繋いだりしたほうがいいのかな……）

考えていたとき、カウンターに置いてあるスマホの着信音が鳴った。手に取ると、画面に従兄弟の名前が表示されている。

「もしもし、義也くん？」

『今、電話しても平気？』

「うん。どうしたの？」

『その後、どうしているかと思って。問題なく生活できてる？』

　義也は心配して連絡をくれたようだった。志帆はありがたく思いつつ、大地との生活がとても楽しいことを伝えた。大事にしてくれているため、異性への恐れを感じずにいることを話す。

「記憶がないし、最初は不安もあったの。でも、大地さんがいろいろ気遣ってくれるし、毎日充実してるよ」

『……四之宮さんが、気遣ってくれるの？』

「うん。心配性なところは、義也くんと似てるかも。でもね、話はよく聞いてくれるし、休みの日は一緒に買い物に行ったりして……穏やかな気持ちで過ごせてるの。きっと、記憶を失う前もこんなふうに過ごしていたのかも」

　志帆の話を聞いた義也は、ぼそりと『意外だね』と呟いた。

『もしも何かあったら、遠慮せず言って。それと、無理はしちゃ駄目だよ』

　電話の向こうからは、人のひしめく気配がする。出先で時間が空いたから、連絡をくれたのだろう。

（わたしは恵まれてるな。こうして心配してくれる人たちがいるんだから）

　礼を告げて通話を終えると、タイミングよく玄関の鍵が開く音がした。

　彼を出迎えようと廊下に出た志帆は、ドアが開いた瞬間に目を丸くする。大地が、大輪の花束を持っていたのだ。

「おかえりなさい。すごい立派な花束ですね……！」

彼が抱えていたのは、三十本はあろうかという薔薇の花束だ。スーツ姿の大地が花束を持って立っているだけで、非常に様になっている。花に負けない存在感があるのだ。

（こんなに素敵な人と夫婦だなんて、まだ信じられない）

改めて感じていると、大地は志帆に花束を差し出した。

「これはきみのための花だ」

「えっ……何かの記念日……ですか？」

「いや。たまたま帰りに目についたから、きみにあげたいと思ったんだ。なんでもない日でも、プレゼントしてもいいかと思ってな。本当は退院祝いに渡せばよかったのに、気が回らなかった」

照れているのか、大地の顔が少し赤い。女性の扱いに慣れていそうなのに、こうして接する彼はとても不器用だ。どうすれば志帆が喜ぶのかを、手探りしてくれている。その気持ちに胸が震えた。

「ありがとうございます……こんなに大切にしてもらえて幸せです」

「俺のほうこそ。きみが一緒に住んでくれて感謝している。花束くらいじゃ、この感謝は伝えきれないが、受け取ってほしい」

彼の言葉とともに花束を受け取った志帆は、心の底からの笑みを浮かべる。

（どうしてわたしは、大地さんとの結婚生活を忘れてしまったんだろう？）

幸福だったはずなのに、その記憶を思い出せないのがもどかしい。心の中で焦れていると、ふと大地がキッチンへ目を向けた。

「いい匂いがするな」

「あっ、はい。今日はカレーを作ったんです。あまり辛くしていませんが、大丈夫ですか？」

「辛くてもそうじゃなくても平気だ。ただ……」

気まずそうに言い淀《よど》んだ大地は、「なんでもない」と苦笑すると、「着替えてくる」と自身の部屋を指さした。

「それじゃあ、すぐに用意しますね。カレーは出来ているので、あとはお皿に盛りつけるだけですから」

しかし、志帆がキッチンに入ろうとしたところで、大地に呼び止められる。

「皿に盛るだけなら、俺がやる」

「大地さんが……？」

彼がこんな申し出をするのは初めてだ。今までは、片付けを手伝ってくれることはあっても、料理を一緒に作ったり、皿に盛り付けたりすることはなかった。

そもそも家事をした経験がなく、結婚前は掃除から洗濯まで専門業者に頼んでいたという。そんな彼の意外な言葉に、志帆はハッと気がついた。

「大地さん、もしかしてカレーが苦手なんですか?」

「いや……違う。カレーが嫌いなわけじゃない。ただ、にんじんがちょっと苦手で」

予想外の返答に、志帆は目を瞬かせた。ただ単純にカレーが好きではないのかと思ったのに、にんじんが嫌いだとは想像していなかった。

「言ってくれればよかったのに」

「好き嫌いをするなんて、子どもみたいだろ。きみには言いたくなかったから、自分のにんじんを少なくよそおうとしたんだ。……やっぱり、格好悪いな」

どことなく恥ずかしそうな彼の姿は、格好悪いというよりも可愛かった。涼やかな見た目からは考えられない言動に、つい堪えきれず笑ってしまう。

「わたしもお刺身が苦手ですし、偉そうなことは言えません。ですが、アレルギーがないのであれば、好き嫌いはしないほうがいいですよ。でも、無理に食べても美味しくないと思うので、大地さんが嫌いな食べ物はわからないようにこっそり入れることにします。ほかに、苦手なものはありますか？」

「……すまない。あとは特にない」

申し訳なさそうに眉尻を下げた大地に、志帆は親近感が湧いた。彼のような大人の男性が自分を相手に格好つけようとしたり、にんじん嫌いを隠そうとするのがおかしかった。

「じゃあ、着替えてきてください。ちゃんとにんじんは少なめにします」

大地は頷くと、自分の部屋へと向かった。

キッチンに入って温めたカレーを盛り付ける間も、気づけば口元が緩んでいる。

（わたし、なんだか浮かれてるな）

たとえば、今まで一番親しい異性だった義也に対して、大地に感じるような気持ちにはならない。そもそも男性に『可愛い』と感じること自体初めてだ。

初めて抱いた感情は、志帆の心を弾ませる。しかし、それと同じくらいに歯痒《がゆ》い。

記憶を取り戻すことができれば、大地と過ごした半年分の時間を思い出せる。そうすれば、彼ともっと心の距離を縮めることができるはずだ。

（……本当に、ずっと大地さんのことばっかり考えてる）

一挙手一投足を気にして、思考が大地で占められる。けれど、それはとても心地よい感覚で、志帆の笑顔が引き出される。

「志帆」

皿を並べ終えたところで、大地が入ってきた。カレーが盛り付けられた皿を見た彼は、バツが悪そうに眉を寄せる。

「本当によけてくれたんだな」

「はい。わたしが作るカレーは、具材が大きいので」

もちろん食べやすいようにやわらかく煮てはいるが、苦手な人には抵抗があるだろう。

席についた大地は、「いただきます」と神妙な顔でスプーンを手に取った。

彼が食事をしている姿を、ドキドキしながら眺める。約束してから朝食と夕食はいつも一緒だけれど、そのたびに反応を窺っていた。いつも残さず綺麗に食べて『美味しい』と言ってくれるが、やはり好物を作って喜んでもらいたいのだ。

黙々とカレーを食べていた大地は、志帆の視線に気づき、「美味しい」と感想を述べた。

「本当ですか？　無理してません？」

「嘘じゃない。辛さもちょうどいいし、コクもある。肉もやわらかくよく煮込まれている」

「よかったです。今度はにんじんを小さくしますね」

胸を撫で下ろした志帆に、大地が困ったように笑った。

「きみが作ってくれる料理はなんでも美味しい。本当だ。朝食と夕食を一緒に食べるようになってから、体調もよくなっている」

「大地さんは、いつも『美味しい』って食べてくれるから、作っている身としてはとても嬉しいんです。でも、気を遣わせてしまっていないかと心配になって」

「料理を褒める語彙は少ないが、なるべくバリエーションをつけるようにする」

真剣な表情で告げられて、その生真面目さに噴き出しそうになった。

（ああ、好きだなあ……）

目覚めたら結婚していて、突然できた〝夫〟の存在に戸惑った。けれど彼は、記憶のない志帆に歩み寄り、ペースに合わせてくれている。

抜群の見目と社長という立場でありながら、たまに驚くほどとぼけた発言をする。そういうギャップは、年上なのに微笑ましく感じる。

「『美味しい』って言ってくれるだけで充分です。それに、いつも残さず食べてくれるし。そういうのって、嬉しいんですよ？」

「……そうだな。きみは、当たり前のことでも喜んでくれる人だった」

噛み締めるように大地が言う。たまに見せる、深い悔恨を感じさせる表情だ。

「もう、また大地さん後悔してますね。あんまり悩むと髪の毛抜けちゃいますよ。大地さんならスキンヘッドでも素敵だと思いますが」

自分がいることで彼を苦しめたくなくて、あえて冗談めかして言う。大地に苦しい思いをしてほしくなかった。

半年間の結婚生活で何があったのか思い出せないが、彼がひどい真似をする人だとは思えない。入院中も、同居生活を始めてからも、常に志帆を中心に考えてくれる人だから。

「スキンヘッド……」

一瞬、虚を突かれたように動きを止めた大地は、次の瞬間に声を上げて笑った。

（わ……）

いつも冷静な彼は、笑顔といっても静かに微笑むことが多い。だが今は、端整な顔を無防備に崩している。それはとても珍しく、思わず見蕩れた。

（知らなかった。好きな人の笑顔が、泣きたくなりそうなほど嬉しいなんて）

彼が楽しそうにしているこの時間を、永遠に切り取ってしまえればいいとすら思う。

そこで志帆は、あることに気づいて赤面する。

ごく自然に、大地を『好きな人』と考えていた。志帆の中では、もう当たり前の感情になっていたのだ。自覚すると、鼓動が速くなっていく。

「志帆は、人の感情に敏感だな」

ひとしきり笑った大地が、ふと呟いた。

「俺の気持ちを軽くしようとしてくれてありがとう」

「こ、こちらこそ！　大地さんが笑ってくれてよかったです。絵に描いて残したいって思うくらいすごくいい笑顔でした」

「……きみに褒められるのは嬉しいが、なんとも気恥ずかしいな」

いよいよ本格的に照れた大地が、手のひらで口元を押さえて目を伏せる。そんな姿すら愛しく思え、どことなくむず痒い気分だ。

「わたしは、大地さんが感情を見せてくれるのが嬉しいです。だからこれからも、恥ずかしくなることはたくさん言うと思います」

「それなら俺も、言ってもいいか？」

「えっ！」

思わぬ返答に、動揺した志帆が声を上げる。すると、少し落ち着いたらしい大地が、これ幸いとばかりに続けた。

「俺だけ恥ずかしい思いをするのは不公平だろう。それに俺も志帆を褒めたい」

当然だとばかりに告げられて、頬が熱くなる。彼が本気で言っているとわかるからだ。

「えーっと……それじゃあ、お互いに褒め合うということで……」

「わかった」

満足そうに承諾した彼は、いつの間にかカレーを完食してくれていた。付け合わせのサラダやスープも綺麗に平らげて、志帆に笑いかけている。

「ごちそうさま。美味しかった」

「お粗末さまでした。大地さんは、いつも綺麗に食べてくれますね」

「きみの作る料理が好きだからな。それに、こうして一緒に食卓を囲むと食が進むんだと初めて知った」

彼の両親は不仲で、ふたりとも家庭的ではなかったことから、大地はいつもひとりで食事をしていたという。味よりも、腹が満たされればそれでよかったし、コンビニ弁当やジヤンクフードで済ませることが多かったらしい。

「俺にとっての食事は、美味しい料理を楽しむものではなかった。腹が減ったから食べるだけだから、ずいぶん長いこと朝は栄養補給飲料だけだった。夜も会食がなければ、コンビニ弁当で済ませていたし」

「そうだったんですね……」

「だが、きみが退院して一緒に食事をするようになってからは、この時間が楽しみになった。もちろん、手作り料理を強いているわけじゃない。ただ、その日にあった出来事を共有したり、他愛のないことを話したいだけなんだ」

両親の話を打ち明けられて以降、大地との会話はさらに増えた気がする。おそらく、彼の志帆への信頼が強くなったのだろう。

記憶を失う前にふたりで過ごした時間が少ないことに罪悪感を抱いていた大地だが、今現在は志帆と向き合い、それまでしてこなかった行動をしている。

「いっぱい話しましょうね。話さなくても、一緒にいるだけでもいいですし」

「ああ」

その後、大地は食後のコーヒーを淹れて飲み終えると、食器をキッチンへ運び始めた。

朝は忙しないため食べてすぐ出てしまうが、夜は毎回食器の片付けを率先してやってくれている。

今日は、志帆が洗った食器を棚にしまう役割を担ってくれた。ふたりでキッチンに並んで立ち、洗い物をする。穏やかな時間だ。ひとりだとただの作業だが、大地と一緒だと片付けすら楽しく思える。

（これで記憶が戻ったら、最高に幸せなのにな）

「志帆、どうした？」

少し意識が余所に行っていたのを、すぐに彼は気づいた。それだけよく見てくれているのだと思うと口元が緩み、幸せを改めて実感する。

「大地さんは、鋭いですね。ちょっと、考えていたんです。……わたしは、今のままでいいのかなって」

彼が結婚を決めたのは、記憶を失う前の志帆だ。大地は記憶が戻らなくても構わないと言っていたが、一緒にいる時間が楽しいほどに考えてしまう。今の状態で、大地は幸せを感じてくれているのか、と。

「でも、そんなに深刻に思っているわけじゃないです。ちょっともどかしいというか……」

「俺の答えは前も言ったとおりだ。記憶があってもなくても、志帆が俺の妻だということに変わりはない。俺は、見合いをしたときのきみにも、今のきみにも惹かれている」

迷いもせずに断言されて、志帆は大きく息を吐き出した。

自分で思っているよりも、記憶が戻らないことが心の重しになっていた。彼に恋をしているから、よけいもどかしく不安だったのだ。

「不安だったら言ってくれ。一緒に乗り越えていこう」

「大地さん……」

優しい言葉を投げかけられた志帆が、彼を見上げて微笑んだときである。

不意に屈んだ大地の唇が、志帆の唇を掠めた。ほんのわずかの間、そよ風が触れるような優しい感触だが、紛れもないキスである。

驚いて固まった志帆に、大地が自身の口を片手で覆った。

「……っ、悪い！　きみの許可なく触れた」

「あっ……謝らないでください。嫌じゃなかったので」

大地はずっと、交わした約束を違《たが》えることはなかった。寝ぼけていたとき以外は、適切な距離を保ち、志帆の同意なく触れたことはない。

志帆は、自分の唇に指で触れた。初めてのキスだからだ。意識すると胸がドキドキと高鳴って、嬉しさと照れが混じり奇妙な高揚を覚える。むろん、恐れも嫌悪もない。大地が相手でよかったと思っている。

志帆は思いきって自ら大地の手を握った。彼が大事にしてくれるように、自分も大切に思っているのだと伝えたかったのだ。

志帆の手を握り返した大地は、意を決したように囁《ささや》いた。

「もう少しだけ触れていいか？」

「え……」

「駄目だと思ったら押し返してくれ。すぐにやめる」

彼は繋いでいないほうの手で志帆の頬を撫でた。

近づいてくる端整な顔が直視できずに目を瞑《つむ》ったとき、角度をつけて唇が重ねられた。

閉じていた唇を舌で舐《な》められ、ぞくりとする。無意識に口を開けると、見計らったかのように彼の舌が差し込まれた。

志帆は、初めて覚える感覚に困惑した。先ほどの触れるだけのキスとは違い、ひどく生々しい口づけだ。

けれど、大地と触れ合うことに抵抗はない。記憶を失う前に、キスやそれ以上の行為をしていたことも理由のひとつかもしれないが、それでも今、彼を受け入れているのは、まぎれもなく志帆自身の意思だ。

「んっ……」

喉の奥に舌が侵入し、思わず漏れた声はひどく甘い。こんな自分の声は聞いたことがなく、戸惑いが加速していく。

彼にキスをされるのは、ひどく気持ちいい。たっぷりと舌の表面を舐められ、やわらかな裏側をくすぐられると、腰の辺りがむずむずしてくる。

強引なしぐさではなく、目の前の胸を押し返せばいつでも終えられる。そうしないのは、志帆も大地の口づけを求めていたからだ。

くちゅり、と唾液の混じる音がする。恥ずかしいのに、そんな音にすら煽られた。

志帆の頬を撫でていた彼の手が、今度は腰の辺りに移動する。ぐっ、と引き寄せられて、身体が密着すると、体温が上がった気がした。

「っ、ぅ……」

口腔《こうこう》の粘膜を隈《くま》なく舐《ねぶ》られ、唇を強く吸われる。息苦しさを感じるが、それ以上に胸が高鳴った。

（大地さん、すごくドキドキしてる）

彼に腰を抱かれていることで、鼓動が伝わってくる。自分と同じかそれ以上に速い彼の心音に、胸がきゅっと締めつけられた。

「は……ぁっ」

唇が離されると、すっかり息が上がっていた。

至近距離で見つめられ、どこに視線を定めていいかわからないくらい恥ずかしい。彼の端整な顔を直視できず、志帆はあたふたと目を泳がせる。

「止められないのをいいことに調子に乗った。……だが、気持ちよかった」

とても嬉しそうに告げられた志帆は赤面した。すると彼は、慈しむように鼻先を擦りつけ、頬や額に口づけてくる。

言葉にしなくても『好きだ』と告白するような甘い言動に、のぼせたように脳内がくらくらしてくる。大人の色香を纏って迫ってくる彼を前に、どうすることもできない。

「だ、大地さん……」

「大丈夫だ。これ以上はしないから」

名残惜しそうに離れた大地は、志帆の頭をポンと撫でた。

「あとは俺がやっておくから、きみは風呂に入ってくればいい」

「えっ、でも……」

「このままふたりでいると、またキスをしてしまいそうだからな」

大地の指先が、意味ありげに志帆の唇の端を撫でた。まだキスの余韻が残るそこに触れられて、自覚できるほど頬の火照りが増している。

「お言葉に甘えて、お風呂入ってきます……っ」

弾かれたように身を翻すと、キッチンからバスルームへ向かう。洗面所に入ってすぐに鏡を見れば、想像以上に頬が赤かった。目も潤み、妙な色気を醸し出している。

（唇、やわらかかったな……）

大地のキスは、とても淫らだった。自分が食べられてしまうのではないかというほど深く舌を差し込まれ、為す術もなく受け入れていた。

キスをしているとなぜだか身体の奥が熱くなり、意思ではどうにもできないような感覚に襲われた。思い出すだけで、膝から力が抜けてしまいそうだ。

恋をした人との口づけは、ロマンチックな雰囲気だったわけじゃない。それでも、今の志帆にとっては初めてのキスで、思い出に残るものだ。

（大地さんには、もう気づかれてるかな。わたしが恋をしてるって）

記憶を失う前、彼との結婚を決めたとき、自分がどれくらいの想いを彼に抱いていたのかわからない。

けれど、今の自分は過去に負けないくらい大地に恋をしている気がした。

＊

志帆がバスルームへ向かうと、キッチンにひとりになった大地は、自分の口を片手で覆って宙を仰いだ。

一回目に彼女にキスをしたのはほぼ無意識だった。志帆は、大地が思うよりもずっと記憶が戻らないことを気にしている。だから、過去も今も自分の気持ちは変わらないと伝えたかったのだ。

（拒否はされなかったが……）

止められればすぐにやめるつもりだったけれど、彼女は大地を受け入れてくれた。それが嬉しくて、触れるだけでは収まらず深くキスしてしまっている。

頬を染め、自分を見上げる志帆は息を呑むほど色気があった。もっと貪りたいという欲に駆られたものの、彼女の気持ちを考慮して自らを律した。

少しずつ距離を縮めてきたのだ。身勝手な欲望をぶつける真似はしたくない。

（絶対に志帆を傷つけない）

自分自身を強く戒め、残りの皿を棚に収める。

志帆と結婚してからの半年間、家事などしたことはなかった。そもそも、彼女を避け続け、食卓を囲むことなど一度としてなかった。

それが今は、率先して家事をしようとしている。といっても、せいぜい皿洗いや食後のコーヒーの準備くらいで、あとは一緒に買い物に行く程度だ。だが、たったそれだけのことでも、志帆はとても喜んでくれる。

（この半年間、俺がしてきたことを思い出したら、憎まれるかもしれないな）

志帆は、記憶が戻らないのを気にしているが、大地自身はどちらでも構わないと思っていた。いや――むしろ、できることなら何も思い出さずに、このまま穏やかにふたりで生活していきたいとすら願っている。

（傲慢だな……志帆には、俺が今までしてきたことを知る権利があるのに）

自嘲した大地は、彼女と出会ったころを思い返す。

自分の仕事を有利に進めるために仕組んだ見合いだったが、志帆は予想よりも遥《はる》かに聡《そう》明《めい》で、気遣いに溢れた女性だった。

きっと志帆となら、安らげる家庭が作れるに違いない。

そう思った大地は、自分でも意外なほど乗り気で話を進めた。幸いなことに志帆から断られることもなく、鷲宮家からは『式場の手配はこちらで行う』と申し出があり、とんとん拍子に結婚へ向けて動き出した。思えば、あのころが一番浮かれていたのだろう。

デートをしたのはたった二度だが、それでも志帆の性格を知るには充分だった。

印象的だったのは、二度目のデート。映画を観に行くために、駅で待ち合わせをしていたときのことだ。

エレベーターの設置がない駅の階段前で、ベビーカーに赤ん坊を乗せた母親が困っていた。すれ違う人々も急いでいるのか、手を貸す素振りはない。

そのとき、母親に近づいて声をかけた女性がいた。志帆だった。

『何かお手伝いできることがあれば言ってください』

当たり前のように困っている人を手助けしようとする彼女の姿に、つい見入った。

大地のそばには、純粋な善意のある人間などほぼいない。いるのは、すべての言動に利益の有無を考えるような人間だけだ。それは、自分も含めてのことなのだが。

母親は安堵したように志帆に礼を告げていた。誰にも助けを求められずに、心細い思いをしていたのだろう。

今その場に来たふうを装い、志帆に声をかけた大地は、自分も手伝う旨を伝えた。普段なら素通りしているところだが、他人に手助けをしている彼女を無視できるほど腐ってはいない。

結局、大地がベビーカーを持つことになり、志帆は荷物を、母親は赤子を抱いて階段を上がった。母親からは何度も頭を下げられたが、大地は居心地が悪かった。

『礼なら彼女に』と志帆を見たが、彼女自身も『大地さんのおかげで助かりました』と、まるで大地が積極的に人助けをした口ぶりだ。

自分は善良な人間ではない。ただ、志帆がいたから彼女のために助力したに過ぎない。

大地の複雑な心境など知る由もない母親は、『おふたりともありがとうございます』と、頭を下げ、赤子に声をかけている。

この世の薄汚い部分をまだ見ていない赤子の目は澄んでいた。無垢《むく》な笑みを浮かべてこちらを見る赤子に、己が善人であるような錯覚をしそうになった。もちろんそんなはずはないが、母子の笑顔に少しばかり満足したのは事実だ。

——志帆といれば、少しはましな人間になるかもしれない。

女性に何も期待できなかった大地は、そんな思いを抱いた。数少ないデート中だけではなく、交際と平行していた結婚式の準備の間にもそう感じた。

披露宴の打ち合わせでホテルを訪れたとき、スタッフが零したコーヒーが彼女の服にかかってしまった。平身低頭謝罪されたが、かえって彼女は恐縮し、『誰も怪我をしなくてよかった』と言っている。

大地に対するパフォーマンスでも、他人の目を気にして偽善的に振る舞っているわけでもない。純粋に、優しいのだ。

しかし、他者に対して寛容で気を遣う彼女が、どうして今まで異性を避けてきたのかが不思議だった。志帆ならば、いくらでもいい縁談があったに違いない。その前に、男たちが放っておかないはずだ。

そう思いながらも、聞くことはできなかった。人間誰しも、触れられたくない部分はある。現に大地も、志帆に自分のバックグラウンドを明かしていなかった。

善良で優しい志帆に、母のことを話したくなかった。それは大地の汚点といってもいい出来事だったし、彼女に対し格好をつけたかったのだ。

だから鷲宮家には、『両親はだいぶ前に離婚し、家業を継がないと決めたときから、父と自分はあまり折り合いがよくない』とだけ伝えている。

それでも志帆は、一緒に父に挨拶へ行こうと提案してくれた。

縁を切ったから必要ないと思ったが、鷲宮家に対する体面もあり、しかたなく一緒に父に会うことになった。

なるべく時間をかけたくなかった大地は、ホテルのラウンジでのランチを提案した。ところが当日、父は約束の時間に三十分遅れてやってきた。志帆を待たせたことを謝りもせずに、『道が混んでいた』などと言い訳を述べる実父に、心底呆れ果てた。

『ふざけるな』と口に出しかけたとき、志帆は『事故じゃなくてよかった。お会いできて光栄です』と微笑んだ。待たされて怒るどころか、父を思い遣る言葉をかけたのだ。

生まれ育った環境がそうさせているのか、付け焼き刃ではけっして身につかない品格が志帆にはある。凛とした彼女の佇まいに、さすがの父も『申し訳ない』と謝罪していた。

『母親に似て恩知らずだ』と実の子どもを罵っていた父は、彼女の前ではごく普通の父親を装っていた。志帆に無礼を働かなければ、父が何を言おうと興味はない。結婚式の招待状だけを渡し、和やかに顔合わせは終わった。

父親との対面も無事に済み、順調に志帆と距離を縮めていた大地は浮かれていた。初めて抱いた〝恋〟という感情に盲目になり、周りが見えていなかった。

気づいたのは、奇しくも結婚式当日のことだ。

その日、幸福の絶頂にいた大地は、予定よりも早く目覚めた。

披露宴が行われるホテルに前日から宿泊していたため、移動時間はかからない。比較的ゆっくりと過ごした朝だった。

彼女は両親と一緒に実家から式場へ来るということで、衣装を身につけたあとに会う約束をしていた。

ウェディングドレス姿の彼女は試着でも見ていたが、式場ではまったく違う感慨が湧くだろう。

柄にもなく楽しみにしつつ、ホテルの庭園へ足を向けた。

早朝ということもあり、庭園内に人気はなかった。ぶらぶらと気の向くまま歩いていたが、自分らしからぬ行動だと思う。挙式披露宴を数時間後に控えているとあり、緊張していたのかもしれない。

母の不貞を知ってから、結婚や女性に対する見方が偏っていた自覚はあった。

夫婦とはいえ元は赤の他人だ。結婚は互いが条件に納得して交わされる契約でしかない。恋だ愛だと騒いだところで、一時の無駄な感情だ。

ずっとそう考えていたはずが、志帆に出会って変わったのだから、人生何が起きるかわからない。

大地は、彼女に恋をしている。そしてまた、彼女も好意を持ってくれている。自分を見る眼差しや態度から、そう感じることができた。

志帆となら、両親とは違う夫婦関係が築けるはずだ。

あと数時間後に妻となる彼女の顔を思い浮かべたときである。

『本当にいいのか？　志帆』

聞き覚えのある声が、耳朶《じだ》をたたいた。

反射的にそちらを見れば、志帆の従兄弟の花森義也と彼女が、池のほとりで話しているところが見えた。

義也は、正直苦手なタイプだ。育った環境がそうさせるのか、自信家なのが言動から見て取れる。それだけじゃなく、自然と上品な振る舞いができるのだ。志帆と並べば、とても似合いに見えて劣等感を刺激された。

祖父の代で興した会社のおかげで成り上がった四之宮家との違いが、嫌でも突きつけられる。くだらない感情だと思いながらも、彼らが一緒にいると疎外感を覚えてしまう。

——どうしてふたりでこんな場所に？

怪訝に思った大地が近づこうとした、そのとき。

『無理して結婚なんてする必要ない。今からだってやめればいい』

義也の声に、足を止めた。

——志帆が、無理をして結婚しようとしている？

予想外の発言に息を詰めた。志帆は無理をしているどころか、結婚に前向きだった。それは、一緒に準備してきたからわかっている。

しかし、そんな大地の思いは次の瞬間打ち砕かれた。

『わたしの勝手でそんなことできるはずないわ』

まるで、状況さえ許されれば、結婚を取りやめたいとでも言いたげな言葉だった。

大地は、自分と彼女が同じ気持ちじゃなかったのだとひどく失望した。そして、己の目出度い思考を嘲笑った。

——何を夢見ていたんだ、俺は。

両親の姿で、結婚などただの契約でしかないと悟ったはずが、恋などというバグを起こしたせいで目が曇っていたのだ。

『志帆がそう言うなら止めないけど、無理だと思ったらすぐに言うこと。いいね。志帆が望むなら、僕が攫《さら》ってあげるから』

義也は優しく声をかけ、志帆をそっと抱きしめた。

朝日に照らされて抱き合う姿は、まるでドラマか何かのワンシーンのようだった。端から見れば、恋人同士の逢瀬《おうせ》にしか見えない。

——邪魔者は俺だったってことか。とんだ道化だな。

ふたりに背を向けた大地は、笑い出しそうになるのをなんとか堪えてその場を立ち去る。

志帆の上辺に騙《だま》され、自分を見失ってしまっていたのだ。馬鹿だ、と己を嘲笑った。彼女とはもともと政略のつもりだったにもかかわらず、なまじ情を抱いてしまっただけに予定が狂った。

そう——この結婚は政略だ。だから、彼女を義也にくれてやるわけにはいかない。

自身の愚かさにも腹が立つが、それ以上に志帆と義也の親密さが許せなかった。いくら従兄弟とはいえ、結婚式当日に抱き合う姿を見せられて平気な男はいない。

彼女に恋をしていたからこそ、裏切られた思いが強く胸にのし掛かり、自分自身でもどうすることもできなかった。

これが初恋でなければ、平静でいられたのかもしれない。だが、不幸なことに初めての恋は歪《いびつ》な形にねじれてしまう。

大地は彼女と会う約束をすっぽかし、控え室にこもった。タキシードに身を包んだ自分を鏡で見たときは惨めだったし、その後にあった挙式披露宴は最悪だった。

顔は強張り、いつものように志帆に笑顔を向けられない。はらわたが煮えくり返りそうな怒りや嫉妬で思考が占められている。

大地の様子に彼女は戸惑っていたが、気遣うふりを見せる余裕もない。

式が終わり、ホテルの部屋に戻るころには疲れ果てていた。

部屋に入った志帆が、どこか緊張したように大地を見つめてくる。いつもは嬉しいその視線すら、煩わしく思えた。

『ひとつ、はっきりさせておく。この結婚は政略だ。嫌だろうと我慢してもらう』

『え……？』

『安心しろ、きみを抱くつもりはない。結婚前にほかの男の子どもを仕込まれている可能性があるからな。ほかの男の子どもを俺の子だと偽って育てられるのはごめんだ。それに、きみも俺に抱かれたくはないだろ』

『どうしてそんな誤解を……』

『それを俺の口から言わせるのか。ひどい女だな、きみは』

結婚式当日に義也と抱き合っていながら、と言いたい気持ちを呑み込んだ。プライドが邪魔をしたのだ。

『きみの生活は保障する。だが、それ以上のことを俺に求めるな』

尊大に言い放ち、彼女を残して部屋を出た。

結婚式を終えた妻にかける言葉ではない。最低の台詞だ。志帆が自分よりも従兄弟に想いを寄せている事実から目を背けたかった。自己保身に走ったのだ。

男を避けていた志帆が、唯一普通に接している義也。彼らの間には、もともと大地が入り込める隙などなかった。自覚すると、ひどく惨めで情けなかった。

その後、ふたりの関係は最悪だった。

新居での生活が始まり、志帆は朝食や夕食を準備してくれていた。しかし大地は、それらを口にすることはなかった。『いい妻のふりをしなくていい』と、苛立ちを隠さず告げたこともある。

　寝室を別々にしていたことで、彼女と顔を合わせるのは朝が多かった。日を追うごとにどんどん笑顔が消えていく姿を認識しながら、関係を修復しようとは思わなかった。

　一度拗《こじ》れたものは、時間が経てば経つほどに再構築が難しくなる。そう気づいたときにはすでに遅く、大地は志帆の記憶から存在を消されていたのである。

　これまでの自分の行いを振り返っていた大地は、胃の付近に重苦しい澱《おり》を感じて眉をひそめた。

（今思えば、くだらないプライドなんて捨てて、もっと話し合えばよかったんだ）

　意地を張り、志帆とのコミュニケーションを断っていた。そんなとき、大地は人生で最大ともいえる失敗をしてしまう。

　――志帆の同意なしに、強引に抱いたのだ。それも、いっさいの気遣いもせず。

　酔って帰宅した大地を出迎えてくれた彼女は、『話がある』と言ってきた。それを無視して自室に入ると、いつもは引き下がる志帆が珍しく食い下がった。

『今日じゃなくても構いません。わたしの話を聞いてください』

『話なら今聞く』

『でも、大地さんは酔っているから……』

『関係ない。どうした、話があるんだろ。別れ話以外なら聞いてやる』

告げた瞬間、志帆の両肩が上下に動いた。

——まさか本当に別れ話をしようとしているのか？

生活費は一般家庭よりも多く渡していたし、志帆の行動に干渉もしなかった。自分の世話もしなくていいと伝え、必要以上に関わらなかった。性行為もそうだ。嫌がることは何ひとつしなかったというのに、別れを告げられるのは納得できない。

『ほかの男と……あの従兄弟と結婚したくなったか』

『ち、違います……っ、どうしてそんな……』

『俺は別れない。きみの意思がどうであろうと、俺の妻として一生過ごしてもらう』

そうして強引にベッドに引き込んだ大地は、初めて志帆を抱いた。

だが、すぐに後悔した。結婚式当日の様子から、てっきり義也に抱かれているとばかり思っていたのに、彼女は処女だったのである。

少なくとも志帆は母のように不貞を働いたわけではなく、自分を裏切っていなかった。

それを知った大地は、罪悪感に塗れながらも仄暗《ほのぐら》い喜びを得ていた。

自分の勘違いで、初夜にひどい台詞を吐き捨てたにもかかわらず、まだ志帆と結婚生活を続けられると思っていたのだ。

彼女がほかの男に靡《なび》いていないのであればそれでいい。誤解だったと謝れば、もう一度夫婦としてやり直すことができる。

そんな甘いことを考えていたのだが——

『……シャワーを、浴びてきます』

行為が終わると、彼女はすぐにそう言ってバスルームへ向かった。

本当は、何か声をかけたかった。しかし、このとき大地は酔っていた。

例のデジタル庁の事業に本格的に参画するにあたり、関係各所へ根回しという名の接待を行っていたからだ。

大地と志帆が結婚して程なく、事前の情報どおり、栄吾の弟である鷲宮茂がデジタル庁の事務方トップの座に就いた。それを機に、大地は彼への接触を図った。表向きは、結婚式で世話になったことへの礼だが、最終的な目的は入札の情報を聞き出すことである。

今回の事業は、いわゆる指名競争入札である。希望すればどの企業でも参加資格のある一般競争入札と違うのは、発注側に指名されなければ入札に参加できないところにある。どれだけ優秀な企業だろうと、勝負の舞台にすら上がれないのだ。

入札の権利を得たかった大地は、そうと知られないように、あくまでも身内として茂に近づいた。栄吾に接触を試みたときと同じ要領だ。

鷲宮家に連なる人間は善良で、良くも悪くも身内を大事にする。四之宮家との違いに劣等感に苛まれたものの、目的は無事達成された。茂の口利きに加え、門戸を広げて人材や企業を募るという大義名分のもと、入札に参加する企業の候補になったのである。

とはいえ、それはまだ目的の入り口に立っただけに過ぎない。だからこその接待だ。下げたくもない頭を下げ、みっともないくらいに愛想笑いをし、ハッカーとクラッカーの違いすらわかっていないような人間の話にも興味があるような素振りをし、勧められるままに酒を飲んでみせた。

そうしてようやく帰宅すると、志帆から話があると詰め寄られた。大地はそこで完全に理性を手放してしまったのである。

吐精と飲酒に加え、寝不足も影響していたことで、行為後に少し眠ってしまった。これが間違いだった。

眠っていた一時間程度の間に、志帆が出て行ったのだ。

喉の渇きで目覚めてキッチンに入ると、リビングに置き手紙があった。封を開けた大地は、内容を見てその場に立ち尽くした。

『この半年、大地さんと夫婦でいたくて頑張ってきました。お見合いをしてから結婚式までの間で、あなたとなら結婚したいと思ったから。……あなたは、初めて好きになった男の人です。できることなら、夫婦として一緒に歩んでいきたかった。でも、もう無理です。このまま一緒にいても、お互いのためにならないでしょう。大地さん。誓ってわたしは、あなたに疑われるような行為はしていません。わたしが好きなのは、あなただけです』

切実な想いが綴《つづ》られていた手紙を読むと、傍らに彼女の名前が記入された離婚届が置いてあるのを発見し、頭を殴られたような衝撃を味わった。

――俺は、どこで間違った？

愕然とした大地は、次の瞬間部屋を飛び出した。

義也に対する嫉妬と劣等感で、何も見えなくなっていた。いや、彼女の話を聞こうともせず、自分のプライドを守るのに精いっぱいだった。

志帆は辛抱強く歩み寄ろうとしてくれた。その機会を壊したのは紛れもなく自分だ。

今さらに激しい後悔と罪悪感が胸を渦巻く。マンションの敷地を出て辺りを見まわすも、志帆の姿は見あたらない。

実家に戻ったのかとも思ったが、マンションを出る前に確認した彼女の部屋は特に何かを持ち出した形跡はなかった。おそらく、着の身着のまま出て行ったのだ。

『志帆……っ！』

夜の暗闇の中で名前を呼ぶも、答えてくれる人はいない。住宅街をあてもなく探す間に雨が降り始め、焦燥だけが募っていく。

大地は必死になって駆けずり回った。とにかく志帆と会って今までのことを謝りたい。その一心だった。

本当は、このまま別れたほうが彼女のためになるのかもしれない。そう思いながらも、彼女を追いかけずにはいられない。

降り始めた雨は、やがて強く激しくなっていく。まるで大地の罪を責めているかのように、雨粒が身体をたたく。

近所をあちこちと見て回ったが、そもそも彼女が行きそうな場所にも心当たりがない。それでも足を止めずに駆けていたとき、ずぶ濡れでぼんやりと歩く志帆を発見する。

『志帆……！』

彼女の名を呼ぶも、その瞬間に逃げられてしまった。

むろん追いかけた。謝罪し、引き留めなければいけないと、その一心で。

しかし無情にも、志帆は事故に遭ってしまい、意識を失った。

すべて、自分のせいだと思った。償えることならなんでもすると、神にすら縋って志帆の回復を願った。

だが、目覚めた彼女は大地を記憶から消してしまった。

（それでも志帆は、俺と生活することを選んでくれた）

志帆が記憶を失って、初めて夫婦として過ごせているのが皮肉だ。今の彼女はよく笑い、不安だろうに前向きに大地と向き合ってくれている。

（もう二度と、同じ過ちは繰り返さない）

今までつらい想いをさせてしまった贖罪のように、大地の行動は変化している。記憶を取り戻した彼女が知れば驚くだろう。

もちろん、それで許してもらえるとは思っていない。ただ、志帆を大事にしたいという気持ちだけは本当だ。

「大地さん、片付けありがとうございました」

キッチンでぼんやり考えに耽《ふけ》っていると、風呂から出た志帆に声をかけられた。湯上がりで頬を上気させながら、にこにこと微笑んでいる。この笑顔を守りたいと心から思う。

「何か飲むか？」

「あっ、それじゃあ麦茶を」

「わかった」

冷蔵庫から取り出し、彼女と自分の分のコップに茶を注ぐ。その間にも志帆からは石鹸《せっけん》のいい香りが漂い、不埒《ふらち》な欲が頭を擡《もた》げる。

大地は自分の気持ちを落ち着かせようと、麦茶を一気飲みした。冷えた液体が身体の奥に落ちていく感覚に、理性を取り戻せた。

「志帆、少し話さないか」

大地の提案に、志帆は小さく頷いた。ふたりでリビングに移動し、並んでソファに座る。

「休みが調整できたんだ。今度の土日に一泊して、国立公園でデートしないか」

この前交わした約束を果たすべく、大地は土日のスケジュールを空けた。休日でも必要に応じて仕事をする男の行動としては、極めて珍しい。

「いいんですか?」

志帆の表情が、驚きと喜びに染まった。この顔を見るために、都合をつけたといっても過言ではない。

「約束しただろう。アクティビティを楽しんでもいいし、公園でのんびり過ごしてもいい。きみの希望はすべて叶える」

「希望なら一緒に叶えましょう? わたしだけじゃなく、大地さんは何かやりたいことはないんですか?」

「俺は、きみとのデートが『やりたいこと』だから、デートした時点で希望が叶っている」

本当は、結婚式が終わって落ち着いたころに、新婚旅行に行こうと思っていた。式の打ち合わせを重ねながら、『生活に慣れたら旅行しよう』と、ふたりでパンフレットを眺め、どこの都市がいいと希望を言い合ったこともある。

「強いていうなら、きみが楽しめる場所がいい」

「それなら、コキアを見たあと散歩がしたいです。海も近いんですよね? 思いきり遊ぶのも楽しそうですけど、のんびり過ごすのもいいかなって」

「わかった。そうしよう」

「大地さんも、希望があったら言ってくださいね」

嬉しそうに笑った志帆と視線がかち合う。

素直に喜びを表していた彼女は、何かを思い出したように視線を泳がせた。

「どうしたんだ？」

「や、あの……大地さんの顔を近くで見たら、さっきのことを思い出してしまって」

恥ずかしそうに告げられて、「ああ」と納得した。

今の志帆にとってキスは初めての経験だから、照れくさいのだろう。とはいえ、ここまで意識されると、自分まで動揺してしまいそうだ。

可愛い。触れたい。先ほど落ち着いたはずの欲望が、ふたたび湧き出てくる。

だが、ここでキス以上の行為に及べば、これまで築いてきた信頼を失うことになる。

「志帆。抱きしめていいか」

「えっ」

「きみが可愛いから触れたい」

不埒な欲は理性で抑えるが、せめて抱きしめるくらいは許してほしい。

まったくもって格好がつかないが、シンプルな本音だ。つくづく自分を情けなく思うも、なぜか志帆は顔を綻ばせた。

「嬉しいです」

「それは、俺の台詞だ」

志帆からの了承を得た大地は、そっと彼女の身体を腕の中に閉じ込めた。シャンプーの香りが鼻をくすぐり、このまま押し倒してしまいたい衝動を必死に耐える。

力を入れないように、背中に腕を回す。志帆を怖がらせないように、壊れ物を扱う慎重さで、彼女の信頼に応える。

（最初からこうしていればよかったんだ）

なんの装飾もせずに、素直に好意を伝えていれば、今ごろはまた違う未来を歩んでいた。志帆が記憶を失うことも、つらい想いをさせることもなかった。

（俺は、志帆のことになると後悔ばかりだな）

大人になってからの初恋でも、もっと上手く成就させる男もいるだろう。志帆もそういう相手であれば、もっと楽しく生活できたはずだ。

それでも別れたくない。みっともなくてもいいから、彼女に縋っていたかった。

「デート、楽しみにしてます」

「俺もだ」

今できるのは、彼女との約束を果たし、笑顔を引き出すこと。そのために力を尽くそうと、大地は心に刻んでいた。

4章　心も身体も結ばれて

デート当日は、まるで志帆の心模様を表すかのように晴れ渡っていた。

大地の運転で都内から車で移動する間も自然と表情が明るくなり、車窓に流れる高速道路の防音壁を見るだけでも楽しんでいた。

「お天気がよくてホッとしました」

「そうだな。青空にコキアの赤色がよく映えるはずだ」

志帆に答える大地もまた、いつもよりも顔つきがやわらかい。自分と同じように、デートを楽しみにしてくれていると感じられ、志帆は嬉しくなった。

大地と一緒に住むようになり、約一ヶ月。その間に、お互いに歩み寄ってきた。彼はずっと約束を守り、志帆に触れるとき必ず許しを得ている。好きな人に大事にされている実感は日に日に増し、幸福感を増幅させていた。

「着いたら写真を撮らないか」

「写真を……？」

予想外の提案に目を丸くする。

彼は、写真が嫌いなはずだ。スマホを買ったときに一度だけツーショット写真を撮ってもらったが、それも彼の罪悪感を軽減できればと思ってのことだ。

「無理しなくてもいいですよ？　写真を撮らなくても、目に焼きつけておけます」

「大丈夫だ。無理をしているんじゃない。きみとの写真なら、残しておきたいと思ったから言っているんだ」

運転している大地の横顔は穏やかだった。

記憶を失う前の半年間でも、ふたりで撮った写真はないと言っていた。彼の中でどのような変化があり、写真を撮ろうと思ったのか。志帆にはわからないが、ひとつだけ確かなことは、彼が〝現在の志帆〟と写真を残そうとしていることだけだ。

「じゃあ、景色が綺麗なところで撮りたいです。写真に残していたら、あとから絵に描くこともできますし」

「そういえば、お互いの絵を描く約束もしていたな。いつにする？」

「いつでも構いません。大地さんがゆっくりお休みできる日がいいと思います」

デートと違い、絵は時間さえあればいつでも描ける。それに、急ぐことでもない。そう告げると、彼は「約束は守る」と、やけに頑なだ。

大地にとって〝約束〟はかなり重い枷《かせ》なのではないか。そんな印象すらある。

「きみの気が向いたときに絵を描こう。最近は描いているのか？」

「あ、はい。大地さんにもらった花束も描きましたし、あとはデザートに買ってきた果物とか、公園の花壇に咲いている花をスケッチしてました」

家事を終えて時間があると、散歩がてらスケッチブックを持ってぶらぶらしていることがある。もちろん毎日ではないが、外に出て日の光を浴びていると気分転換になった。自分の記憶がないことを忘れてしまうくらいだ。

「またきみの描いた絵も見たい」

「そんなに期待するほどのものではないですよ？」

「いいんだ。きみが描こうと思った世界を俺も見たいだけだから」

（大地さんはいつも、わたしを理解しようとしてくれてる）

そういう彼だから、恋をした。

不器用で、たまにこちらが驚くほどの生真面目さがあり、何よりも記憶のない志帆を受け入れてくれた。

（……こんなに幸せでいいのかな）

明るく前向きに振る舞っていても、記憶がないことに不安はある。そういうときに大地の顔を思い出すと、心が落ち着くのだ。彼が記憶の有無に関係なく、志帆を大事にしてくれるからだろう。

ふたりで話しているうちに、車が目的地に到着した。

都内から二時間程度の道のりだから、小旅行のような気分だ。首都高から常磐道《じょうばんどう》に入り、移りゆく景色を眺めているうちに、あっという間に着いてしまった。きっと、彼と過ごす時間が楽しいからだ。

駐車場に車を置くと、さっそく園内に入る。面積二一五ヘクタールの広大な敷地では、移動手段として周遊トレインやレンタルサイクルなどがある。

大地は、目的であるコキアを見るために、周遊トレインを選んだ。九つある停留場のどこでも乗降は自由らしい。一周約四十分のファンシーな外観のトレインに乗ると、秋の心地よい空気の中、ゆっくりと流れる景色を眺めた。

「潮の香りがしますね」

「ああ。天気もいいし、明日は海沿いを散歩するのもいいかもしれない」

何気なく告げられて頷いた志帆は、ふとあることに気づいて鼓動が騒ぐ。

デートが嬉しくてすっかり頭から抜け落ちていたが、今夜は初めて大地と同じ部屋で眠るのだ。

今までは別々の部屋で眠っていたため、『同居』という意識が強かった。けれど、今晩は同じ空間で長時間過ごすことになる。ツインにしたと彼は言っていたが、無防備な寝顔を見られたら少し恥ずかしいと思う。

（今から意識しているなんて、気が早いわ）

ちらりと彼に目を向けると、そのとたんに視線が絡んだ。

「今走っているのは、海の近くだな。思っていたよりも園内が広い」

「サイクリングしている人もいますね。楽しそうですけど、わたしは普段自転車には乗らないので筋肉痛になりそうです」

平静に答えつつも、志帆の鼓動は速くなる。彼が、自分のことをずっと見ていたことに気づいたから。

（しかも、すごく優しい顔をしてた）

彼の眼差しは幸福感を湛えていて、『景色を楽しんでくれ』と言えなくなる。

大地は志帆の手の甲に自分の手を重ね、「デートだから」と笑った。その笑顔に、胸がきゅんとする。

一時期、手を握ることも躊躇《ためら》っていた大地だが、最近はようやく自然に触れてくれるようになった。志帆が平気だと伝えているからだ。しかし、それ以上の行為――たとえば、抱きしめたりキスをするときは、必ず先に『いいか？』と聞いてくれる。だから志帆も、彼との触れ合いに徐々に慣れていた。

「志帆、着いたぞ」

しばらく揺られているうちに、目的であるコキアが植えられている丘に着いた。停留所でトレインを降り、大地に手を引かれて道を歩く。

「ここは、市内で一番標高が高いそうだ」

「そうなんですね……！　こんなにたくさんのコキアは初めて見ました……！」

美しい景色を前に、いつも以上にはしゃいでしまう。

大地は事前に調べていたらしく、歩きながら園内の説明をしてくれた。見晴らしもよく、同じ敷地内にある観覧車を遠目に見ることができる。

彼とともにゆっくり足を進めながら、視界いっぱいに広がる紅葉を眺めるのは贅沢《ぜいたく》な時間だった。

無地のシャツに黒のジャケット、細身のデニムパンツという彼の出で立ちだが、真っ赤に色づくコキアの中でよく映えている。このまま絵に描きたいほど風景に馴染んでいた。

「この辺りで写真を撮るか」

人のいない場所へ移動し、大地が言う。志帆が笑顔で頷くと、彼は自分のスマホをポケットから取り出した。

「どの角度で撮ると綺麗に写るんでしょうね？」

「しゃがんだほうが風景も写りそうだ」

「こんな感じですか？」

志帆がしゃがむと、同じように腰を落とした大地がスマホを頭上へ翳《かざ》す。

写真嫌いの彼が、進んで写真を撮ろうとしている。その姿にじんとした。

自分の存在が大地の心に変化を齎したなどと自惚れるつもりはない。それでも、ツーショット写真を残してくれようとする気持ちが嬉しい。

「もう少し近づいてもいいか？　これだとコキアが見切れる」

大地は写真に慣れておらず、ちょうどいい画角を探すのに手間取っている。そんな行動すら愛しくなり、志帆は自ら彼に顔を近づけた。

「どうですか？」

頬を寄せると、大地が「大丈夫だ」と満足そうに言い、シャッター音が鳴った。しかも、連写の音である。

「ずいぶん撮りましたね」

「失敗してもいいように保険だ。……ほら、ライブラリに大量の志帆がいる」

言いながら、大地は画面を志帆に見せた。

「よく撮れているだろ？」

「本当だ。コキアもちゃんと入ってるし、大地さんもかっこいいです」

かすかに笑みを浮かべた画面の大地に視線を奪われていると、立ち上がった彼に手を差し出される。

「また別の場所でも撮ってみよう。今度は、きみのスマホで」

「はい。あとで、今撮ったのも共有してくださいね。プリントアウトしたいです」

「それはいいが、わざわざプリントアウトするのか？」

「アルバムを作りたいと思ったんです。大地さんが、わたしとの写真を残したいって言ってくれたので……ちゃんと形として手元に置いておきたいなって」

データで保存するのではなく、今この瞬間を撮った写真をアルバムに収めたい。そしていつか、ふたりで思い出を振り返ることができれば最高だと思う。

「もう少しすると、葉が黄金色になるみたいだな。紅葉したコキアは、今の時期だけ見られる貴重な光景だ」

春先には、同じ場所でネモフィラが見られるらしい。地面に敷き詰められた真っ青な花は、コキアとは違う美しさがある。志帆も事前に公園の公式サイトを見ていたが、直接目にすれば感動するに違いない。

「今度は、春に来てみるか」

「え……っ」

まるで志帆の考えを読んだかのような大地に驚いていると、「約束だ」と小指を差し出された。彼の指に自分の指を絡めた志帆は、新たな約束に胸をときめかせる。

「大地さんは、いつも約束してくれますね」

「この半年、きみを気遣ってこなかったからな。これからは、いい夫でいたいんだ。志帆が喜んでいると俺も嬉しい。……そんな当たり前のことに気づくのに、半年かかった」

一緒に住み始めたころの大地は、眉間にしわを寄せて苦しむような表情をしていることがあった。志帆の前では取り繕っていたものの、ほんのわずかな間でも彼の整った顔がつらそうに歪んでいることに心が痛んだ。

まだ彼の罪悪感は消えていない。けれど、以前よりもずっと顔つきは穏やかだ。

「……わたしは、半年間の記憶はありません。でも、大地さんと住むようになって、毎日楽しく過ごしています。異性が苦手だったのに普通に過ごせているのは、大地さんが〝いい夫〟でいてくれるからだと思います」

彼は些細なことであっても言葉を交わし、志帆との時間の共有を意識している。相互理解を深め、『夫婦』であり続けるためだろう。

罪悪感からの行動であったとしても、それはきっかけに過ぎない。今の彼は、志帆をとても大切にしていると行動で示してくれる。

「〝いい夫〟でいようとして、大地さんは無理をしてますか？」

「いや……無理はしていないな。きみの喜ぶことは何か、考えていると俺も楽しい。だからいい夫というよりも、俺ばかりが喜んでいる気がする」

「わたしも同じです」

彼が嬉しそうだと嬉しいし、哀しそうだと自分までつらくなる。何よりも、一緒にいると心が弾むのだ。

おそらく、この美しいコキアをひとりで見てもここまで感動しなかった。綺麗な景色や楽しい出来事を共有したいと思える彼とだから、よりこの場が楽しめる。

（大地さんは、わたしのペースに合わせて生活してくれた）

記憶にない〝夫〟の存在を受け入れられたのは、相手が大地だったから。『もう一度恋がしたい』という願いを、不器用に叶えてくれようとする彼だから、好きになった。

「ありがとうございます、大地さん。わたし……あなたが好きです」

彼を見上げた志帆は、晴れ晴れとした気持ちで想いを告げた。

一般的な〝恋〟がどういう感情を指すのか、明確な説明は難しい。けれど、大地に対して抱く感情が、自分の恋の形なのだと志帆は思う。

（わたしは、大地さんに二度目の恋をした）

告白にしては簡潔な言葉だった。しかし、鼓膜をたたいた言葉は全身に巡り、心臓の動きを速めている。想いを明らかにしたことで、恋をしている自覚が強くなっていた。

人生初めての告白を照れくさく思いながら、大地を見上げる。ところが、なぜか彼は微動だにせず、志帆を凝視していた。

「あの、大地さん……？」

「……悪い。聞き間違えじゃないかと考えていた」

「えっ！」

「志帆が俺を好きになってくれたらいいと思っていた。でもそれは、身勝手な願いだったから……いざ願いが叶うと信じられない」

「信じてもらわないと困ります」

苦笑して志帆が告げると、大地に両手を握られた。

正面に立った彼は眉根を寄せ、声もなく志帆の指先に口づける。そのしぐさで、どれだけ安堵したのかが伝わり、胸の奥が苦しくなった。

（大地さんも、わたし以上に不安だったのかもしれない）

妻が記憶を失い、自分のことだけを忘れてしまった。これまで積み重ねてきた夫婦関係を一から構築しなければいけなくなり、どれだけ落胆したことだろう。

それでも彼は、志帆を焦らせるようなことはしなかった。ふたりで過ごす時間を持たなかった自身の行動を悔いて、ふたたび恋をしようとしてくれた。

「ありがとう。嬉しくてどうにかなりそうだ」

言葉に違わない口調と表情を見せる大地の手を、ぎゅっと握り返す。

記憶はまだ戻る気配はない。けれど、この先も彼と生活していきたいと、心から思った。

夕方まで国立公園で過ごし、その後は今日の宿へ移動した。

海沿いに建つ高級リゾートホテルで、全室オーシャンビューの絶景が臨める。夕食はメインダイニングで海鮮料理に舌鼓を打ち、いつもとは違う非日常空間を楽しんだ。

「疲れただろうから、先に風呂に入るといい。別の階に大浴場もあるらしいが」

食事を終え、今夜泊まる部屋に入ると、大地に問いかけられる。大浴場も気になったが、志帆はそれ以上に彼を意識していた。

ただでさえ、彼と同じ部屋で一夜を過ごすのは初めてだ。そこへきて、志帆は大地に好きだと告白している。緊張するなというほうが無理である。

「志帆？」

「あっ、すみません。それじゃあ、内風呂にします。今の時間だと、大浴場は混んでいそうですし……」

「それもそうだな。それなら、先に入ればいい。俺はあとでいいから」

大地は窓際にある大きな籐《とう》椅子に腰を下ろし、ふと微笑んだ。なぜだか志帆は、幸福感と切なさがない交ぜになってしまい、胸がいっぱいになる。

座っているだけなのに、彼はとても絵になっていた。告白をしたことでよけい意識しているのか、それまでよりも大地が輝いているように見える。

視線ひとつにドキリとし、何気ないしぐさに胸がときめく。初めてふたりでした旅行の高揚感も相まって、意識しすぎてしまう。

「えっと、それじゃあ先に入らせてもらいます」

「ああ」

志帆は急いで着替えの準備をし、バスルームへ向かった。大地も大浴場へは行かないようだから、早く入浴を済ませなければならない。

(そもそも、ずっと運転していた大地さんのほうが疲れてるのに、先にお風呂に入ってもらうべきだった)

普段ならその程度の気の回し方はできるが、いかんせん今は気持ちが浮ついている。昼間、赤く染まったコキアに囲まれて告白したときから、ずっと彼のことばかり考えている。もちろん、これまでも大地に惹かれていることは自覚していたが、本人に伝えてはいなかった。

(すごく喜んでくれていたな)

シャワーを浴びながら、昼間の彼の様子が脳裏を過る。

冷ややかさを感じさせる容貌をしているのに、実際の彼は恋に不器用だ。手探りで志帆と距離を縮めようとしてくれる。

恋を拒否してきた大地と、異性を避けてきた志帆だからこそ、ぎこちないながらも心を近づけられたのだと思える。

手早くシャワーを浴び終えると、身支度を整えて彼の待つ部屋へ向かった。中に入ると、大地は先ほどの籐椅子に座し、ぼんやりと窓の外を眺めている。

「お待たせしました」

声をかけると、ハッとしたように立ち上がった大地は、ふっと微笑んだ。

「早かったな」

「大地さんのほうが疲れているのに、先に入ってしまってすみません」

「気にしなくていい。きみも疲れただろう。眠かったら先に寝ていてくれ」

大地は、「湯冷めしないように」と、ソファに置いてあったショールを志帆の肩にかけて部屋を出て行った。

気遣いがくすぐったく感じ、思わずその場でじたばたと手足を動かしたくなってくる。

自分がかなり浮かれていると自覚した志帆は、先ほどの彼と同じように籐椅子に座った。

(先に寝ててもいいって言ってくれたけど、もったいないもの)

叶うなら、ずっとこの目に彼の姿を映していたいし、声を聞いていたいと思う。二十四年の人生で、異性に対してこんなふうに思うことはなかった。

(大地さんは、ほかの男の人とは違って怖くない。一緒にいると落ち着ける)

志帆は籐椅子に深く背を預け、過去を振り返る。

小さなころはお転婆で、従兄弟の義也のあとにくっついて男の子たちともよく遊んでいた。男子に交じってサッカーやバスケットボールをしていたこともあり、周囲の大人たちからは『元気な子だ』と苦笑されていた。

しかし、それまで外で遊び回っていた志帆が、ある時期を境に家から出られなくなったことがある。

成人男性に、誘拐されかけたのだ。

その日、いつものように義也と近所の公園で待ち合わせをしていた志帆は、約束の時間よりも早く着いた。従兄弟を待ちながらひとりでブランコに乗っていると、見知らぬ成人男性が近づいてきた。

『お嬢ちゃん、ひとり?』

声をかけられ頷くと、突然身体を抱きかかえられて公園から連れ出された。男のものと思われる車に乗せられそうになり、志帆は驚きと恐怖で声すら上げられなかったが、幸いなことにたまたま通りかかった大人が異変に気づき、警察に通報したため事なきを得た。程なくして逮捕された誘拐犯は、これまでにも幼女を連れ去ろうとしたことのある常習者だったという。

見知らぬ男に誘拐されかけて以来、志帆は男性が無条件で怖くなった。

しばらく家に引きこもる日々を過ごしていたのだが、両親の献身的な支えで心の安定を取り戻すことができた。志帆が今、問題なく生活できるのは彼らのおかげだ。

だが、事件に心を痛めたのは、両親だけではなかった。当日に待ち合わせをしていた義也もまた、志帆と同様に心に傷を負い、あの日の出来事を激しく悔いていた。

『自分がもっと早く公園に行っていればこんなことにならなかった』と、家に引きこもっていた志帆を心配し、毎日顔を出してくれていたし、小中学校の登下校の際は、必ず送迎してくれた。

義也が罪悪感を覚える必要などないのに、心優しい従兄弟はずっと志帆を見守り、時に励ましてくれた。本当の兄のような存在だ。

就職先を迷っていたときも、『書道教室を手伝ってくれないか』と、誘ってくれた。そこまで世話になるのは悪いと思い最初は断ったものの、義也は譲らなかった。

『僕を助けると思って頼むよ』――そう言われれば、今まで世話になってきた志帆が断れるはずはない。結局、大学を卒業して結婚するまでの間、義也の書道教室を手伝っている。

（そういえば……『志帆が結婚するまでは自分も結婚しない』とも言っていたっけ）

義也は誘拐未遂事件があって以来、常に気にかけてくれた。だから志帆も、これ以上彼に負担をかけたくないと、自分の幸せを考えてほしいと強く思うようになった。

（大地さんとのお見合いは、わたしにとって現状を変えるチャンスだったんだ）

もう守ってもらわずとも大丈夫だと義也に証明し、自らも前向きに今後の人生を歩むために、大地との見合いは必要なことだったのだと改めて感じる。

周囲の協力もあり、年を重ねるにつれ、過去の事件は過去として受け止められるようになった。そして何よりも、志帆を幸福へ導いてくれたのは大地との出会いだったのだと、そう信じている。

「志帆、まだ起きていたのか」

考えているうちに、大地が風呂から上がってきた。彼は、シャツのボタンを留めないまま、首にタオルをかけて髪を拭いている。寝間着代わりなのか、パンツはゆったりめのスウェットだったが、モデル並みに整った体型にはよく似合っていた。

湯上がりの彼は今までにも見たことはあるが、このようにラフな姿は初めてだ。はだけたシャツから覗く胸元は、そこはかとなく男の色気が漂っている。

声をかけられた志帆は立ち上がり、「もったいなくて寝られません」と笑った。

「何か飲みますか？」

「いや、平気だ。きみが起きていたら、明日はどこへ行きたいかを聞こうと思っていた。海沿いを散歩してのんびりしたいと言っていたが、それなら近場に温泉もあるし、少し足を延ばせば日本三名園もある。それとも、どこかほかの場所がいいのか、志帆が風呂に入っているとき考えていた」

大地はテーブルに置いていたスマホを手に取ると、この辺りで有名な観光地を検索し、画面を志帆に見せた。

彼の手元を覗いて見たところ、観光名所が紹介されているサイトが表示されている。自分を待っている間にも考えてくれていたと思うと、頬が緩んでしまう。

「三名園も気になりますね。今の時期だと紅葉が綺麗でしょうし」

「それなら、明日はそこへ行こう」

「はい！」

つい力を入れて返事をすると、立ち上がった大地に肩をポンとたたかれた。

「そろそろ眠ったほうがいい。きみも疲れただろう」

ソファに腰を下ろした大地が、志帆を見上げる。

彼の髪はまだ少し濡れているが、気にしていないようだった。

大地に手を伸ばした志帆は、肩にかけられていたタオルを手に取って彼の頭を覆う。

「ちゃんと乾かさないと駄目ですよ。それこそ湯冷めしちゃいます」

声をかけながら、彼の髪をタオルで遠慮なくがしがしと拭う。すると、不意に手を摑まれた。

「大丈夫だ。あとは自分でやるから……」

顔を上げた大地と視線が絡んだ。その瞬間、志帆の体温がぶわりと上昇する。

「すみません……っ、わたし、お節介をしちゃって……」

「そんなことは思ってない。ただ、志帆に触れられると少し困る」

手を握ったままの状態を保ち、大地は続けた。

「きみから告白されたときから、ずっと抱きしめたかった。だが、今日はそれだけで済ませられる自信がない。このままだと許可を取らずに触れてしまいそうだ」

大地の言葉に鼓動が跳ねる。

真摯で熱を帯びた瞳が志帆に据えられる。握られている手がひどく熱い。彼の手から伝わる熱に侵されているのかもしれない。

（わたしと同じように、大地さんも意識してくれていたんだ）

ふたりは夫婦だし、過去に身体を重ねたことも当然あるだろう。にもかかわらず、彼は記憶のない志帆を慮り、強引な行動を取ることはない。『自信がない』とあえて言葉にしたのは、距離を取ることで不安にさせないようにとの配慮だろう。

大地の誠実さが心に染み渡り、彼への想いが膨らんでいく。

「……わたしたち、同じですね」

「何がだ？」

「わたしも、告白したときからずっと意識してました。大地さんに好きだって言ったことで、自分の中で気持ちがはっきりしたんです。だから……手を握っているだけで、今まで以上にドキドキします」

大地のそばにいるだけで胸がいっぱいで、息苦しくなるほどだ。人を好きになるとこれほど感情の振り幅が大きくなるなんて、大地に恋をするまで知らなかった。

「恋って、ちょっと照れるような、それなのにすごく幸せな感情なんですね」

思ったままを伝えると、端整な顔をくしゃりと崩すようにして彼が笑った。

「たしかに、俺たちは同じだ。互いに初めての恋を経験しているんだから」

手を離して立ち上がった大地は、おもむろに志帆を抱き上げた。その拍子にタオルが床に落ちるのも構わず、すたすたと歩き始める。

突然横抱きにされて驚き、とっさに彼の首にしがみつく。

「だ、大地さん？」

思いがけない行動に戸惑うも、嫌ではなかった。ただ、彼の首筋や胸元が間近にあるため目の遣り場がなく、ひたすら恥ずかしい。

「今夜は、このまま寝たほうがいいと思った。でも、許されるなら志帆に触れたい。きみが嫌だと思うことはしないと誓う。だから」

一度言葉を切った大地は、志帆をベッドに横たえた。そして両手をベッドにつき、至近距離で見下ろしてくる。

切実な眼差しに射貫かれた志帆は、息を呑んで彼を見つめた。そのとき――

「きみを抱きたい」

唇が触れるか触れないかの距離で、大地が静かに告げた。

口調は冷静だ。だが、肌を焼かれるのではないかと思うほど視線が強い。今まで生きてきて、これほど強く求められたことはない。それも初めて好きになった人が相手だなんて、とても幸せなことだった。

志帆は、彼から視線を外さずにそっと頷いた。大地が好きだから、受け入れたいと思っていることを伝えるために。

「……本当にいいのか？」

「はい。大地さん以外では……考えられません」

過去も未来も、自分が抱かれたいと思えるのは大地だけだ。

彼は切なげな表情で、「ありがとう」と言うと、志帆に口づけをした。

角度をつけた深く長いキスが始まった。唇を割って入ってきた舌先に、自分の舌を舐められる。くすぐるような動きで表裏を撫でられると、ぞくりとした感覚が肌を伝った。

上唇の裏側と歯列を舌で行き来され、身体が鋭敏になっていく。口づけをしながら、耳たぶや耳殻を指で擦られると、心地よさにうっとりした。

彼とキスをすると、神経が剝き出しになるような感覚がする。その正体を、志帆はもう知っていた。

（何も、考えられなくなる）

大地は志帆の舌をたっぷり舐め回すと、今度は上顎に擦りつけてきた。そうかと思えば左右の頬の裏側を突き、口内を隈なく犯していく。

志帆は思わず彼のシャツを摑んだ。すると大地は、キスを解かないままパジャマの裾から手を差し入れてきた。

「んっ……」

ナイトブラに触れられ、鼻から声が漏れる。

あとは寝るだけだと思っていたから、見た目の可愛い下着を選んだわけじゃない。ショーツとセットであるのが唯一の救いだが、そもそも今日彼に抱かれることになるなんて想像していなかった。

（……違う。本当は、どこかでわかってた）

彼に恋をしていると自覚し、告白をしたときから、いずれは身体を重ねるだろうと思っていた。ふたりは夫婦で同じ気持ちでいるのなら、誰に憚《はばか》ることもない。だからこそ、一緒の部屋でひと晩過ごすことを意識していたのだ。

舌で口腔をかき混ぜられ、唾液が攪拌《かくはん》される。くちゅくちゅと響く音に羞恥を覚えていると、ブラの上から優しい手つきで胸を揉《も》まれた。円を描くように乳房に触れられ、ぴくりと両肩が上下する。

「ふ……っ」

ブラの上からなのに、胸への愛撫は心地よかった。大地に触れられると全身が熱く火照ってくる。口腔に溜《た》まった唾液を飲み込むと、その感覚がさらに広がった気がした。

手のひら全体を使って乳房を揉まれ、布と擦れた乳首が奇妙に疼《うず》く。そこも快感を得る場所だと知ってはいるが、直接触れられていないうちから気持ちよくなり戸惑ってしまう。

「脱がせていいか？」

キスを解いた大地に問われ、か細い声で了承する。身体を起こした彼は、手早く志帆のパジャマの上下を脱がせ、ブラを露わにさせた。

「あ……」

彼に下着を見られた恥ずかしさと、肌を晒す緊張で心臓が激しく鳴り響く。無意識に胸を隠すと、自身のシャツを脱ぎ捨てた彼に手を取られた。

「見たい。志帆。見せてくれ」

「も……もっと、可愛い下着をつければよかったです」

「きみは、どんな格好でも綺麗だ。ずっと見ていても飽きない」

真剣に告げられて、力が抜け落ちる。彼の飾らない言葉は、志帆を優しく蕩《とろ》けさせていき、心も身体も丸裸にしてしまう。

おずおずと手を離すと、大地はフロントにあるホックを外した。そして志帆の腕を取り、二の腕や脇に口づける。

「や……くすぐった……っ、ぁっ」

「腕を上げてくれ。脱がせるから」

促されて言われたとおりにすると同時に、彼はブラを取り去ってしまった。

豊かな胸のふくらみが大地の眼前に晒され、つい隠してしまいたくなる。けれど彼はそれを阻むように、乳房の先端へ舌を這《は》わせた。

「あ、んっ……」

下から持ち上げるように両手で双丘を摑んだ大地は、中心にある尖《とが》りをちろちろと舐め回した。生温かく、まるで生き物のように乳首を舐められて、甘い疼きが広がっていく。

（声、出ちゃう……）

乳首を舌で転がされ、我慢できずに声が漏れた。鼻にかかったねだるような喘《あえ》ぎは、自分のものではないみたいだ。

彼に触れられていると、まるで発熱したように頭がぼうっとしてくる。それなのに、感覚だけは鮮明で、彼の舌の動きに合わせて乳頭が硬くなっていた。

大地は左右の胸を交互に可愛がり、一方をしゃぶっているときは、もう片方は指で扱いている。指と唇で快感を与え、性に不慣れな志帆の身体を少しずつ解していく。

「嫌じゃないか……？」

乳首から唇を離し、大地に問われる。その間にも指先は胸のふくらみを捏《こ》ね回し、愛撫の手を緩めない。

じわじわと快感が溜まっていく感覚に戸惑いながらも、志帆はゆるく首を振った。

「嫌じゃ、ないですけど……気持ち、よくて……恥ずかしい」

「そうか。志帆が感じているなら嬉しい。どこがいいか、俺に教えてくれ」

「ん……っ」

凝《しこ》った胸の尖りを抓《つね》られ、小さく身震いする。舌で転がされるのも、指で摘まれるのも気持ちいい。大地に施される愛撫のすべてに感じてしまう。

彼は、瞳の奥に強い欲情を湛えていた。いつになく前面に〝雄〟を押し出されると、少しばかり怖くなる。けれどそれ以上に、大地への想いが強かった。

「ここ、硬くなってる。可愛いな、志帆」

双丘の頂きを指で摘まれ、こりこりと扱かれる。絶妙な力加減で乳頭を擦られると、意図せず腰が跳ねてしまう。

「は、ぁっ……」

唾液に濡れた乳首が、いやらしい形に勃起している。目を逸らしたいと思うのに、なぜか視線が吸い寄せられる。彼の手で自分の身体が変化していき、快感を得ているのが無性に嬉しい。注がれた愛情の分だけ、愉悦が増すのだとわかるから。

「や……ん、あ……っ」

大地は、「可愛い」「綺麗だ」と言いながら、志帆の反応に合わせて性感を高めようとしていた。胸の形が変わるほど強く揉みしだいたかと思えば、乳頭に強く吸い付いてくる。

変化をつけて愛撫をされた豊乳の中心は濃く色づき、唾液に塗れててらてらと光っていた。乳首から身体の芯に快楽が伝わり、胎内が蕩けていく。

(胸、いっぱい触れられて……気持ち、いい)

執拗《しつよう》に胸を舐めしゃぶられ、指で扱かれたことで、下肢に淫らな熱が溜まってくる。ショーツがじっとりと湿るのを感じ、志帆は恥ずかしさで腰をくねらせた。

「だ……大地、さん……」

「ん？」

乳頭を舐めていた彼が、視線を投げてくる。志帆はなんと言っていいかわからず言葉を詰まらせると、彼がふっと微笑んだ。

「腰を上げてくれ。脱がせる」

「っ、は……い」

彼は、志帆の状態を正しく理解しているようだった。わずかに腰を上げると、ショーツに手をかけた大地に一気に足首まで引き下ろされる。そのとき、透明な糸が引いているのが見えて、志帆の体温がさらに上がった。

「もっと早くに脱がせればよかったな。きみが感じてくれて俺も嬉しい」

志帆の足首からショーツを引き抜き、大地が笑う。

性行為がこれほど羞恥を伴う行為だなんて知らなかった。知識はあっても、実体験は想像を遥かに上回っている。それでも、好きな人にもっと触れられたい。そう思う自分に困惑するも、衝動には抗えない。

「きみの体中を舐め回したい。ここも、美味そうだ」

「っ……」

両膝に手をかけられ、左右に開かれる。濡れた恥部が丸見えになり、志帆は思わず足を閉じようとする。しかし、彼の身体に邪魔をされそれも叶わない。

秘裂に二本指を沿わせた大地は、恥丘をぱっくりと割り開いた。蜜口からとろりと愛液が流れ落ち、シーツに伝う。

「や……」

「綺麗だ、志帆」

志帆の膝の裏に手を移動させた大地は、膝が胸につくような体勢をさせた。

身体をふたつに折り曲げられて腰が浮く。無防備な後孔と淫口が彼の眼前に晒されて、顔から火が噴き出そうなほどの羞恥を覚える。

「大地さ……」

「気持ちよくするだけだから大丈夫だ」

「ん、ぁ……っ」

彼の舌が秘裂に沈み、花弁に滴る愛汁を啜《すす》る。じゅるじゅると水音を立てながら陰唇を吸引され、腰に切ない痺《しび》れが走った。

胸を舐められるのとはまた違う羞恥が志帆を襲う。こんなに恥ずかしいことを記憶を失う前はしていたのかと思うと、にわかには信じられない。

（でも……）

彼の舌で花弁を舐られると、ずくずくと胎内と陰核が疼き出す。淫口はひくひくと微動し、蜜液を吐き出していた。

「だ、め……ぇっ」

胸から広がっていた快楽が、今度は下肢から全身に巡る。すると彼は、包皮に守られていた花芯に唇を移動させた。

埋没していた陰核を唇で吸い出し、舌先で突いてくる。敏感なそこを唇で挟まれた志帆は、為す術もなく愉悦の波に翻弄される。

（どうしよう、こんな……）

必死で口を塞いでいるが、このままだと大きな声を出すかもしれない。それほどに、花芽への刺激は深かった。

吸い出された肉芽は彼の唇に捕らわれ、いいように舌の上で転がされている。そのたびにびくびくと下腹部がのたうち、視界が薄くなってきた。

陰核が感じる場所だという認識はあるが、改めて思い知らされる。

（何か漏れちゃう……っ）

「だっ……大地さ……離して……ぇっ」

これまで感じたことのなかった尿意に似た何かが腹の内側からせり上がってくる。粗相が怖くて彼に訴えたものの、志帆の意思に反して大地は股座《またぐら》から顔を離さない。

じゅっ、と音を立てて花蕾《からい》を吸われ、電流が流れたように四肢が痺れる。燃えさかる炎に炙《あぶ》られているように肌が熱を持ち、呼吸もどんどん浅くなった。

志帆は快楽に耐えようと無意識にいきんだ。しかし、淫悦は勢いをつけて高まっていき、自分の意思ではどうにもできないところまで膨れ上がる。

「あ、ぁっ……きちゃう……ッ」

たまらず志帆が叫ぶと、そこでようやく顔を上げた大地が、花蕾を指で弾いた。その瞬間、ぶわりと肌が粟立《あわだ》ち、透明な液体が恥部から噴き零れる。

蜜口が呼吸をするようにぱくぱくと開閉するのを感じながら、全力疾走したかのごとく虚脱する。

（わたし、もしかして……）

経験はなくとも感覚で理解する。大地の手や指で性感を高められ、絶頂したのだ。想像よりも遥かに強烈な快楽に、まったく力が入らない。

大地は志帆の様子を眺めながら、満足そうに笑った。

「達《い》ったな。志帆は感度がいい」

「す、すみません……大地さんの、手が……」

彼の手は、指先から甲まで愛液で濡れていた。けれど大地は滴る淫液を美味そうに舐め取り、「謝らなくていい」と、色気のある眼差しを向けてくる。

「これから、もっときみを感じさせる。絶対に嫌なことはしないが、無理なら言ってくれ」

「だ……い、丈夫、です」

彼はとても優しい。志帆が本気で止めれば、無理強いはしないだろう。だが、羞恥はあれど、彼に抱かれるのが嫌なわけではない。

異性を避けてきた志帆が心と身体を開ける相手は、彼しかいないと思う。

志帆の言葉を聞いた大地の喉が上下した。スウェットを下着ごと取り去った彼が、膝立ちで見下ろしてくる。

（あ……）

怒張した彼自身は、凶悪な造形をしていた。

血管が浮き出て脈動しているそれを割れ目に沿わせると、互いの性器を擦り合わせる。

愛液でぬるぬるになっている肉筋を肉棒が往復し、淫音が響き渡った。

「あ、んっ」

雄槍《おすやり》のくびれが花芽に引っかかり、甘苦しい愉悦が下肢を駆ける。先ほど達したばかりなのに、身体はもっと強い快感を求めているかのように反応していた。

熱く逞《たくま》しい肉塊は恥部で滑るほどに硬度を増し、つい腰が引けそうになってしまう。

「すぐには挿入しない。しっかりと解すから心配しなくていい」

「は……ん、ぁあっ」

志帆の恐れを感じたのか、大地が宥めるように言う。

こんな状態でも気遣ってくれていると思うと、無性に嬉しくなった。彼と夫婦になれてよかったと心から感謝した志帆は、その気持ちのまま笑みを浮かべた。

「大地さんが、わたしの結婚相手で嬉しいです……」

「っ……」

息を呑んだ大地は、志帆の足を大きく開かせた。

「大切に抱くから」

切なげに告げられ身を震わせた瞬間、体内に彼が入ってきた。

丸みを帯びた先端が隘路《あいろ》に侵入すると、膣《ちつ》から押し出された愛液が、ぐちゅり、と音を立てて流れ出る。

「ん、ああっ」

熱の塊を胎内に呑み込んだのではないかと思うほど、全身が熱くなる。彼の先端が蜜孔に入ると、内部がぎゅっと狭まる感覚がした。

「……っ、く」

低く呻いた大地が、浅く呼吸を繰り返す。無理やり欲情を抑えつけているように見えるその顔は、壮絶な色気があった。

彼は乳房を揉みしだきながら、少しずつ腰を進めてくる。蜜路にみっしりと埋め込まれた肉棒は、うねうねと微動する肉襞《にくひだ》を削っていき、奥へとじわじわと侵食していた。

狭い膣道を押し拡げられる感覚は痛みを覚える。だが、彼が気遣ってくれているからか、身体に負担はさほどなかった。

「大丈夫か……?」

「ちょっと、苦しいけど……平気です」

(こんなときでも、大地さんはわたしのことを考えてくれてる)

彼にとっては、志帆を抱くのは初めてではない。直接聞いたことはないものの、夫婦、それも新婚なのだから、言われずとも想像はつく。

それなのに大地は、志帆が処女であるかのように抱いている。彼のほうがよほど苦しげに呼吸をしているが、優しさを忘れない。そんな人だから好きになったのだと改めて思う。

「つらかったらすぐに言ってくれ」

掠れた声で告げられて顎を引くと、大地はぐっ、と腰に力を入れた。

「ん……ぁあっ！」

嵩張《かさば》った肉の楔《くさび》が最奥に打ちつけられる。達したばかりで蜜襞は解れていたが、それでも胎《はら》の内側はかなり圧迫された。

しかし、身体の負担はあるものの、志帆はこのうえなく幸せだった。幼いころに遭った理不尽な出来事で異性を避けてきたが、それすらも大地と出会うためだったのだと思える。

自分の中でどくどくと脈打つ彼自身の存在を感じながら考えていると、大地の指先が下腹部へ下りてきた。

「ここを弄ったほうが感じるだろう」

「え……あっ……!?」

淫蕾を揺さぶられ、甘い痺れが下肢に走る。快感の塊を指の腹で撫で、そうかと思えば二本の指で摘まれて、志帆は総身を震わせた。

彼の動きに合わせ、胎内がぎゅうっと締まる。そうすると、埋め込まれた肉槍の脈動を細かに拾ってしまい、さらなる淫悦に苛まれた。

間違いなく自分は、彼に抱かれて悦んでいる。きっと、記憶にはなくとも覚えているのだ。愛しい人と身体を重ねた記憶がないのは切ないが、今、彼とひとつになれて幸せなのも事実だった。

大地は陰核をいじくりながら、緩やかに抽挿を始めた。媚肉《びにく》を擦り立てられ、どこもかしこも疼きが大きくなっていく。

「志帆……気持ちいいか？」

「は、っ……い」

「俺もだ。それに、幸せだ」

端整な顔に汗を滴らせている彼は、やはり少しつらそうだ。でも、言葉は本心からだとしっかり伝わってくる。

無意識に手を伸ばすと、大地は応えるように抱きしめてくれた。

（大地さんに抱きしめられると、安心する）

何も身につけていない肌に、隙間なく押しつけられる彼の身体が心地いい。硬い胸板も、しっとりと濡れた肌も、速さが増していく鼓動の音も。大地から齎されるすべてに、志帆の身も心も感じていた。

「っ……動くぞ」

「あ……っ、ンっ！」

宣言した大地が、ゆるりと腰を引いた。肉傘のくびれに引っかかった媚肉が捲《まく》れる感覚に、志帆は彼の背にしがみつき必死に耐えた。

激しい動きではないが、その分突き上げが重い。彼の下生えと淫芽が擦れ、断続的な快楽が胎内を犯す。

「っ、ん……！」

ずぷっ、ぬぷっ、と淫らな水音が徐々に大きくなってくる。最初は彼が動くたびに違和感があったが、どんどんと抽挿がスムーズになっていく。

「……志帆。きみを愛してる」

耳もとで囁かれ、考えるよりも先に身体が反応した。まるで全身で喜びを表すように内壁が収縮し、中にいる彼自身を深く食む。

大地は「は……」と色気のある吐息をつくと、体勢を変えた。志帆の膝裏に左右の腕を潜らせ大きく開脚させると、浅い場所を小刻みに突いてくる。

「あ、ンッ……ひ、ぁっ！」

張り出した雄茎で媚肉を掘削し、志帆の反応を窺っていた。自分の欲を解放するよりも、志帆の性感を探っているような動きだ。

押し引きを繰り返され、身体の芯から痺れてくる。ただ大地に与えられる快楽に身を任せ、好きな人と結ばれた喜びに溺れていく。

「大地、さん……ッ」

愛しさをこめて彼の名を呼べば、嬉しそうな眼差しを向けられる。愛されていると感じる表情だった。

過去にも、幸せだと感じたことはもちろんある。両親や従兄弟、数は少ないが友人たちと過ごす時間や、美味しいものを食べたとき。綺麗な景色に感動したとき、頭に思い描いたとおりの絵を描けたとき。些細な日常の中に幸せはあった。

そして今、好きな人と暮らし、想いを交わし合う幸せがあると知った。

（でも、ほかの人じゃなくて、相手が大地さんだから……）

見合いで彼と出会えたことが、人生で一番の幸運だった。心身ともに充足感が巡っていき、胎内の奥深くまでやわらかに解れていく。

「っ……まずいな。好すぎて理性が続かない」

ぼそりと呟いた大地は、志帆に向かって微笑んだ。

「俺を受け入れてくれて、感謝してる」

「わ……わたし、こそ……」

彼が大切に扱ってくれるから、こうして幸せを感じることができた。大地と結婚しなければ、一生この感情を知らずにいただろう。

快楽に浮かされながらも笑みを浮かべると、胎内にいる彼自身の硬度が増した。

「あっ……」

「きみが可愛くてしかたないからこうなってる。なるべく負担はかけないから、もう少し付き合ってくれ」

彼は志帆の膝裏から腕を外し、ふたたびのし掛かってきた。そのまま唇を奪われ、内壁を穿《うが》たれる。

「ンンッ……！」

それまで浅瀬を行き来していた熱の塊が最奥に捻じ込まれた。大地が腰を揺らすたび、密着した胸が擦れ合い、乳頭が刺激される。それと同時に口腔を舌でぐちゃぐちゃにかき混ぜられ、上半身も下半身も彼に支配されたような気がした。

（苦しい……けど、気持ち、いい）

彼の身体の重みも、汗に塗れた肌も、快感を増幅させた。いつまでもこうして抱かれていたいとすら思う。

キスをしたまま奥処《おくか》を貫かれ、意識を失いそうなくらいの愉悦に塗れる。媚肉はきゅうきゅうと肉茎に絡みつき、自分自身を追い詰める。肉襞を抉る生々しい感覚は、骨の髄まで蕩けてしまいそうだ。

「ふ……っ、ん！　ンぅ……っ」

全身が彼と溶け合い、ひとつになる。鼓動も呼吸も重なって、ふたりの境目すら曖昧になっていた。

志帆は無意識に彼の肩に指を食い込ませ、止めどなく流れ込んでくる肉悦に耐える。けれど、胎内の昂《たか》ぶりは収まらず、媚肉が痙攣《けいれん》する。

絶頂感がふたたび高まってくる。すると、唇を解放した大地が、至近距離で告げた。

「志帆、我慢せずに達っていい」

言葉とともに、彼は腰をぐいぐいと押し込んできた。膨張しきった肉棒に媚肉を圧迫され、過敏になっている身体はたやすく高みへ上り詰めていく。

(達く……いっちゃう……ッ)

熟れた肉襞をこれでもかというほど雄槍で摩擦された志帆は、いよいよ限界を迎えた。

「んぁ、っ……ふ、ぁあああ……っ」

瞬間、蜜窟が収縮し、埋没している雄茎を締め上げた。彼の形がわかるくらいに胎内が狭まる。心臓はありえないほどの速さで拍動し、目の前が白く濁った。体力のすべてを吸い取られていき、意識を保っていられない。

「く、志帆……っ」

朦朧《もうろう》としている中で、低く呻く大地の声が聞こえてくる。それと同時に、胎内に生温かい感触が広がっていき、志帆は意識を手放した。

＊

身動きひとつせずぐったりと眠る志帆の髪を撫でていた大地は、そっとベッドから抜け出した。

スウェットを穿《は》くと、すぐにタオルを用意して彼女の身体を清拭する。一日外で歩き回ったうえに、慣れない行為をしたのだ。そうとう疲れたに違いない。

志帆を抱き上げると、もうひとつのベッドへ移動させる。意図していたわけではなかったが、ツインでよかったと思う。綺麗なベッドで寝かせることができるからだ。

（結局、我慢できなかったな）

記憶のない彼女を抱いた。後悔はないが、志帆には悪いと思っている。もし彼女が大地のしでかしたことを覚えていたのなら、身体を繋げようとしなかっただろう。

（そんなこと、わかっている）

それでも、ほしかった。愛している女性に告白された喜びに浸り、実感したかったのだ。たとえつかの間でも、志帆がもう一度自分に恋をしてくれたのだ、と。

記憶が戻れば、恨まれるかもしれない。何も覚えていない彼女を抱いたうえに、避妊もしていなかった。

（志帆は、記憶を失う前は離婚を望んでいた。……でも俺は、きみを手放してやれない。手放したくないんだ）

くだらない劣等感と嫉妬心で志帆を半年間苦しめていた男が、今さらやり直したいなんて許されるはずがない。それなのに、彼女を抱いたことでいっそう想いが募っている。結婚してからの半年間よりも、志帆が事故に遭ってからの時間のほうが夫婦らしく過ごせているのは本当に皮肉だ。

本来なら、この幸福感は半年前から味わえるはずだった。大地が、志帆と向き合ってさえいたのなら。

今、彼女は自分を好きでいてくれる。それは大地にとって願ってもいないことで、人生で一番の幸せを感じている。だが、同じくらいに恐れていた。

記憶が戻ったとき、志帆が自分への恋心を忘れてしまう可能性があるからだ。

幸せであればあるほど、それが失われるのが怖い。もしも今の状況が永遠に続く方法があるのなら、大地はあらゆる手段を用いてでも遂行しようとするだろう。

「……きみが好きなんだ」

眠りに落ちている志帆に、祈るような気持ちで呟く。

恋なんて、もっとも唾棄すべき感情だ。愛だ恋だと耳心地のいい言葉を吐くのは、所詮は刹那的な快楽に対する欲求を解消するために過ぎない。

そう考えていたはずだった大地は、初めて恋に落ちてしまった。そして、ままならない感情を持て余している。

家族を捨てた母のことは、今でも軽蔑している。それは一生変わらない。たとえ母が亡くなったとしても、なんの感情も抱かないと断言できる。

ただ――志帆と今、夫婦として生活したことで、父や母にも自分には窺い知れない時間が存在し、結果として離婚という選択をしたのだと思えるようになった。

志帆に愛されたことで、自尊心と劣等感を持つ不完全な自分を認め、他人に寛容になれたのだろう。

愛を信じていなかったくせに、誰よりも愛を欲していた。そんな己の傲慢さに、大地が苦く笑ったときである。

テーブルの上にあるスマホが着信した。

反射的にそちらへ向かうと、画面に表示されていたのは父の名だった。

頻繁《ひんぱん》に連絡を取り合う仲ではないため、大地は訝《いぶか》しげに画面を見遣った。時刻はすでに日を跨《また》いでいる。電話をするには非常識な時間帯だ。

無視することもできたし、実際これまでもそうしてきた。しかし大地は、父と会話をすることを選んだ。それがなぜかは、自分でもわからないが。

「こんな遅くになんの用だ」

『それが久しぶりに話す親への言葉か』

親子の会話としては、なんとも殺伐としているが、これが大地と父の通常の距離感だ。

いや、そもそも大地は他人と親しく接するような性格ではない。ずっと、周囲と壁を作り、一線を引いて生きてきた。

自分の生き方が間違いだとは思わない。だが、無味乾燥であるのも事実だ。

父の用事に特に関心を向けられないまま考えていると、電話の向こうからため息が聞こえてきた。

『……まあいい。今日は、私の誕生パーティの件で電話した。半月後の土曜に、嫁と一緒に出席しろ。いいな』

独善的な物言いに、内心で苛立つ。

社長に就任してから、父は何かあるごとに社内外の人間を招きパーティを開いている。まるで、自分の存在をアピールするかのような行動に辟易《へきえき》し、大地は一度として参加したことはない。

「今まであなたの主催するパーティに出たことがないのはわかっているだろう。それに、俺も彼女も忙しい。こんな時間に電話してこないでくれ」

会社を継がないと宣言し家を出た時点で、父とは縁を切っている。好悪の話ではない。歩んでいる道が違うのだ。

たとえ血の繋がった親子であろうと、馴れ合う必要はない。互いの生活に必要のない人間なのだから、無理に関わる必要がないというのが大地の考えだ。

「用がそれだけならもう切るぞ」

そうそうに通話を終わらせようとした大地だが、父は『おまえが出ないなら直接嫁さんに出てくれるよう頼みに行くぞ』と言い出した。

『おまえたちの結婚式に出てやったんだ。私のパーティに顔を出すくらいしろ』

「結婚式に招待したのは、あくまで儀礼に過ぎない。本当は呼びたくなかったし、その必要だってなかった」

（ただ単に、鷲宮家の手前呼んだだけだ。そうじゃなければ誰が呼ぶものか）

ますます苛立ちを募らせながら、内心で吐き捨てる。

現に父は、大地を祝おうとする気持ちなどなく、鷲宮栄吾をはじめとする新婦側の親戚や取引先と人脈を築くために一生懸命だった。端から見ていて、恥ずかしいほどに。

おそらく今回のパーティも、志帆を通じて鷲宮家との交流を目論んでいるに違いない。

「……ひとつ約束すれば、今回だけは出てもいい」

『なんだ』

「パーティが終わったら、今後いっさいあなたとの付き合いは断つ。彼女や鷲宮家にも金輪際関わるな。あなたと俺は、ただ血が繋がっているだけの赤の他人だ」

『相変わらずだな、おまえは。そんなに鷲宮家に嫌われたくないか』

「なに？」

『どうせ、自分の利益を考えて結婚しただけだろう。おまえの母親と同じように』

強烈なひと言を残し、父は通話を終わらせた。

思わずスマホを床にたたきつけそうになり、グッと堪える。

ここで騒いでは、眠っている志帆を起こしてしまう。よけいな心配をさせたくなかった。

大きく息を吐き出した大地は、窓際の籐椅子に腰を下ろす。ささくれだった気分を意識的に遮断し、窓の外に目を向けた。

父に言われずとも、鷲宮家と縁を持とうとしたのは打算からだ。結果的に彼女に恋をしたとはいえ、それは当初の予定になかったバグのようなもの。

だが、その感情のバグにより、大地は幸福を得た。

彼女を手放したくない。幸せにしたいし、幸せになりたい。

大地は額に手をあてると、祈るような気持ちで宙を仰いだ。

5章　深まる絆と蘇る記憶

大地と一泊旅行をしてから一週間経ったが、志帆はいまだにデートの余韻に浸っていた。今まで生きてきた中で、一番といっても過言ではないくらいに幸せな時間だったからだ。

ふたりで見たコキアの美しさは、今も瞼の裏に鮮明に思い浮かべることができる。翌日は日本三名園に名を連ねる有名庭園を観賞し、充実したデートだった。

マンションのリビングでひとり笑みを浮かべた志帆は、ちらりと時計を見遣った。そろそろ大地が帰ってくるころだ。最近は特に、この時間帯は心が弾んでいる。一泊旅行を経て、彼への想いがより深まったのだ。

(それに……前よりも大地さんが優しい気がする)

デートをしただけでも嬉しかったのに、その日に彼と結ばれた。志帆にとって、一生忘れることのできない出来事である。

抱かれた翌朝、大地の腕の中で目覚めた。ひどく気恥ずかしかったが、裸で抱き合いながら『おはよう』と言われたときは、感動して涙が出たほどだ。

彼はたいそう驚き、『どこか痛いのか』『無理をさせて悪かった』と、謝ってくれたが、大地のせいで泣いているわけじゃないと説明するのに時間がかかった。

(あのときの大地さんも、ちょっと可愛かったな)

必死になっている彼を前に、悪いとは思いつつも笑ってしまった。

デートが終わりマンションに戻ると、それまで別々の部屋で寝ていたふたりは、同じベッドで眠るようになった。

この一週間、彼は何もせず、ただ『おやすみ』とキスをして抱きしめるだけだった。だが、それだけでも心身ともに満たされている。

記憶がなくても、大地は愛を注いでくれる。志帆にとってこれほど心強いことはない。自分も、記憶を失う前以上に彼を愛していこうと思っている。

(でも、やっぱり思い出したい)

今のままでも充分に幸せだ。けれど、大地を好きになればなるほどに、彼と過ごした半年間の記憶を取り戻したいと願ってしまう。

病院にも通っているが、医師には『焦らないほうがいい』と言われている。現状で志帆にできることは何もなく、思い出すかどうかの保証もない状態だ。

「うん、考えてもしかたないよね」

ひとり呟くと、意識を切り替えようとしたときである。ポケットの中に入れていたスマホからメッセージ音が鳴った。

　大地かと思いすぐに確認すると、メッセージの主は義也だった。電話をしてもいいかという確認だったため、すぐに大丈夫だと返信する。ソファに座ったところで、時をおかずに着信音が鳴った。

「義也くん、どうしたの？」

『忙しくてなかなか会えないから、志帆がどうしているか気になってね』

　心優しい従兄弟は、様子を気にかけてくれていたようだ。それなのに、志帆は自分のことだけで精いっぱいだった。反省しつつ「元気だよ」と答え、気遣いに礼を言う。

「相変わらず記憶は戻らないけど、それ以外は全然問題なく過ごしてるよ。あっ、この前は大地さんと一泊旅行に行ってきたの」

『……旅行？』

　意外そうに尋ねられたことを不思議に思いながら、楽しかったと伝えた。彼と見たコキアが美しく、感激した話などを聞かせると、義也は『そっか……』と、何かを考えるように無言になる。

　志帆は、彼を安心させたくて「わたしは大丈夫だからね」と告げた。

「昔の事件があったから、義也くんにはずっと心配させちゃってたと思う。でも、わたしはみんなに助けてもらってちゃんと生活できてる。ずっと見守っていてくれてありがとう」


今までの感謝をこめて告げると、電話の向こうの義也が驚きの声を漏らす。

『変わったね、志帆。……本当に、四之宮さんに大事にしてもらってるんだね』

「うん。記憶がないのが残念だけど、それでもいいって言ってくれてるの。大地さんと結婚できてよかったって心から思ってる」


志帆の声は、自分でも自覚できるほど明るく弾んでいた。記憶を失って不安もあるが、大地がいてくれるからこそ、落ち着いて毎日を過ごせている。

「わたしは大丈夫。だから義也くんも、自分の幸せを優先してほしい」

自分が幸せになることが、義也の罪悪感を軽くすることになる。わかっていながらも、一歩を踏み出すのに時間がかかってしまった。


義也が幸せを願ってくれるように、志帆も彼の幸福を願っている。家族と同じくらいに大事な従兄弟だからこその想いだった。

『言っておくけど、僕は志帆のせいで幸せを取り逃がしているわけじゃないからね。ただ、自己満足のために志帆に過干渉だったのは認める。いつまでも僕がこうだから、志帆が事件を忘れられないのかもしれないって思うこともあったよ』

「そんなことない。わたしは、義也くんがいて救われたよ」

『そう言ってもらえると気が楽になるかな。でも、これだけは忘れないで。僕も志帆の幸せを願ってるし、もしも泣かせるやつがいたら許さない。だから変に遠慮せずに何かあったら相談して。昔も今も、志帆のことは本当の妹だと思ってるよ』

「うん、ありがとう」

過去にあった事件で傷ついたが、今こうして笑っていられるのは、間違いなく義也や家族のおかげだ。周囲に恵まれているのは、志帆の誇りであり財産になっている。改めて感謝していると、義也がふと声を低くした。

『……そういえば、四之宮さんが茂おじさんと交流しているみたいだよ。知ってた？』

「茂おじさん？　ううん、聞いてないけど……」

鷲宮茂は、父の栄吾の弟である。志帆も幼いころから可愛がってもらっていたが、最後に会った記憶は大学入学の祝いをもらったときである。

（もしかして、結婚して半年の間に大地さんと親しくなったのかな？）

茂も結婚式に来てくれていただろうし、大地と交流が始まってもおかしくはない。だが、彼から叔父の名は聞いたことがない。

『茂おじさんと少し前に会ったんだ。省庁のトップに立ったお祝いがまだだったから、一緒に食事をしに行ってね』

そこで、大地の話題が上がったという。

『四之宮さんとはウマが合うって言ってたけど、少し気になってね。四之宮さんの仕事とおじさんの仕事は無関係ではないし、彼が志帆と結婚したのも……』

「ありがとう、心配してくれて」

志帆は、義也の言葉にかぶせるように礼を告げた。

義也の言わんとしていることはわかる。大地が叔父に接触しているのは、仕事で便宜を図ってもらうためではないかと――志帆との結婚を、自身の会社のために利用したのではないかと考えているのだ。

しかし志帆は、それでも構わないと思った。彼の愛情は本物だと信じている。それに、叔父に迷惑をかけるような真似を大地がするとは思えない。親戚として交流するのも仕事相手として会うのも彼らの自由だし、志帆が口を挟むことではない。

「……ねえ、義也くんは大地さんと何かあったの？」

何気なく口にした問いに、義也の声が硬くなる。

『彼が何か言った？』

「ううん。この前、マンションの前で会ったとき様子が変だったから」

大地と義也も接点がないにもかかわらず、いやに険悪な雰囲気で気にはなっていた。それ以降尋ねるタイミングがなかったが、この機会に聞いておこうと思ったのである。

志帆の疑問に、義也の苦笑する声が聞こえてきた。

『僕はね、四之宮さんのことを信じていないんだ。志帆を幸せにできるとは思っていないから、会うと態度に出るんだろうね。向こうも僕を嫌ってるだろうし』

「どうしてそんな……」

『ごめんね、志帆。僕はあの人と仲良くできそうにないけど、きみが幸せならそれでいいよ。でも、つらいことがあったら我慢は絶対にしないこと。四之宮さんに泣かされたら、僕が志帆を連れ戻すから』

冗談めかして告げられたが、義也の本気が伝わってくる。

もうずいぶん長く助けられてきた。過保護だとも思うが、周囲を心配させてしまっているのは、自分がまだ頼りないからだろう。

（でも……）

「わたし、大地さんが好きなの。だから、そんなことにならないよ」

少し照れながらも、志帆ははっきりと義也に伝えた。

誘拐未遂事件は、志帆と義也の人生を変えてしまった。外で遊ばなくなっただけではなく、異性を避けるようになった志帆の姿に責任を感じ、義也はずっとそばで守ってくれた。

だが、大地という伴侶に巡り会えたことで、ようやく過去から一歩踏み出せた。好きな人とデートをしたり、キスをしたり、抱き合って眠る幸福を知ることができたのだ。

『わかった。志帆の気持ちを尊重するよ。今度気分転換に、書道教室に遊びにおいで。生徒たちも志帆を待ってるから』

「うん、そうさせてもらうね」

どこまでも優しい従兄弟に感謝しつつ電話を切ると、同じタイミングで玄関のドアが開く音が聞こえた。

反射的に立ち上がった志帆は、弾かれたように玄関に向かう。

「おかえりなさい」

笑顔で出迎えると、大地が安心したように微笑んだ。

帰宅時の彼が志帆の姿を見て安堵した表情を浮かべるのは毎回のことだが、最近は今までと少し違う行動をする。

「ただいま、志帆」

志帆の肩に手を置いた大地は腰を折り、唇を重ねた。

濃厚なものではなく、ただ触れ合わせるだけのキス。だが、軽く唇を吸われると、腰の辺りがぞくぞくしてしまう。

一泊旅行以来、彼は帰ってくると志帆にこうしてキスをしていた。まるで、志帆が覚えていない新婚生活を体験させるかのようだ。

唇が離れるころには、すっかり志帆の頬は赤く染まっていた。余韻に浸りながら彼を見上げれば、甘く微笑まれる。

「少し、長くしすぎたか？」

「……だ、大丈夫です！」

大地にキスをされたり触れられたりすると、心臓が苦しいほどドキドキするのが困る。けれど、肌を重ねたことでふたりの仲は格段に深まっていたし、これからもっと彼を好きになる予感がしている。

志帆の人生において、異性にこれほど心を奪われたことはない。初めての恋に夢中なのだ。心地よい高揚感と多幸感で、自然と笑顔が多くなっている。

「そうだ、今日はシチューにしたんです。にんじんは、小さめにしてあるので」

リビングに移動しながら告げると、大地が神妙な顔になった。

「……わざわざ悪かった。今日は、しっかりにんじんを食べるから気を遣わないでくれ」

「えっ！」

「アレルギーがあるわけじゃない。いつまでもにんじんが嫌いなんて子どもみたいだし、きみによけいな手間をかけさせたくない」

（わたしが言ったこと、ちゃんと覚えてくれてるんだ）

カレーを作ったとき、初めて彼がにんじんが嫌いだと知ったが、無理に食べなくてもいいと伝えている。ただ、アレルギーがなければ好き嫌いをしないほうがいいのは確かだ。

「わかりました。でも、無理はしないでくださいね」

自分が言った些細なひと言を実践しようとしてくれるのは、気持ちを大切にしてくれている証で、いつもありがたいと思っている。すべて言うとおりにしてほしいわけではなく、話を聞いてくれる姿勢が嬉しいのだ。

大地に食事を作るのは楽しい。いつも、『美味しい』と言って食べてくれるからだ。たまに味の好みが合わないときもあるが、『志帆の作ってくれたものは必ず全部食べる』と言って、綺麗に完食してくれる。

「いただきます」

「どうぞ、召し上がれ」

大地の食事する姿を、ドキドキしながら見つめる。彼は一瞬躊躇ったあと、肉やブロッコリーなどの具と一緒ににんじんを口に入れた。しかし、しっかり咀嚼《そしやく》しているものの、眉間にしわが寄っている。

「だ、大地さん？」

「……大丈夫だ。シチューは美味い。にんじんの味にもそのうち慣れる。……俺は、志帆が作ってくれた料理を残したくない」

生真面目に言った大地は、その言葉どおり残さず食べた。

無理はしなくていいと言ったが、『大丈夫』と妙に気合いを入れて食事をしていた彼を見て、志帆はなんだか笑ってしまった。

自分の言葉に真剣に向き合ってくれる大地が愛しかった。彼は常に志帆を尊重し、思い遣りを持って接してくれている。

（大地さんって、理想の旦那さんだな）

あまり会話が得意でないようなことも言っていたが、話しているととても楽しい。たとえ何も話していなくても、そばにいるだけで安らぎを覚えている。

食事を終え、ふたりで寛ぎながら考えていると、大地が思い出したように言う。

「そういえば、絵を描く約束をまだ果たしていなかったな。ちょうど休みだし、明日にしないか？　駄目なら、別の日でもいいが」

「いえ、大丈夫です！」

喜んで返事をした志帆だが、ほんの少し違和感を覚えた。

大地はまるで、何かに急かされているかのように、志帆との約束を果たそうとしている。躍起になっているとすら感じるほどだ。

趣味を理解し、共有しようとしてくれるのは嬉しい。だからつい提案を受け入れてしまったが、これでいいのかという思いもある。

「大地さん、わたしにそんなに気を遣わなくていいんですよ？　もう充分すぎるくらい優しくしてもらっているのに……」

そう告げると、彼は困ったように微笑んだ。

「俺は今まで、誰かに合わせて生活をすることはなかったし、その必要はないと思っていた。でも、きみとこうして一緒にいて、誰かと生活をする意味に気づかされた。……嬉しいんだ。志帆がそばにいて、笑ってくれることが」

〝時間〟を、〝喜び〟を共有することこそが大切だったのだと実感したと大地は言う。

「だからきみは、気にしなくていい。俺がやりたくてやっていることだから」

「わかりました。楽しみにしていますね」

志帆が了承すると、大地は安堵したように頷いた。

どこか切なそうな様子が気になりながらも、それ以上触れることも躊躇われ、明日に絵を描き合うことを約束して別の話題に移った。


翌日の昼過ぎ。昼食を食べ終えると、大地は昨日の宣言どおり「絵を描こう」と志帆を誘った。志帆が部屋からスケッチブックと鉛筆を持ってくると、「志帆の絵を見てもいいか」と尋ねられる。

「志帆は家事をしてくれているから、趣味の時間が取れているか気になっていた」

「大丈夫ですよ。この前ふたりで行った国立公園のコキアも、写真を見ながら描いたんです。大地さんが写真をたくさん撮ってくれたおかげです」

スケッチブックを渡すと、彼は興味深そうに志帆の描いた絵を眺めている。時折、「趣味の域を越えている」とか、「繊細な絵だ」などと感想を漏らしていたが、それは志帆に伝えるというよりは独白で、聞いていて気恥ずかしくなった。

「大地さんは褒め上手というか、自信を持たせてくれますね」

「そんなことは初めて言われた。俺は、言葉が足らないことが多いだろう」

「だからこそ、です」

彼は、どちらかといえば無駄を嫌う。合理的な人間なのだと生活を共にしてわかった。家事ひとつとってもそうだ。不慣れで不得手な家事に時間を割くよりも、業者を利用して空いた時間を有効に使ったほうがいい、という考え方だ。

けれど、志帆に対しては違う。ふたりで過ごすことを第一に考えて行動し、不器用ながらも会話をしようと努めてくれている。記憶のない自分にゆっくり歩み寄ってくれたからこそ、志帆は彼に恋をした。

「わたしは、大地さんといて心地いいです」

「……ありがとう」

照れたように目を伏せる彼に、抱きつきたい衝動に駆られた。

（この気持ちが、大地さんに届けばいいのに）

志帆の想いが彼に寸分違わず伝えられれば、夫の不安を取り除けるはずだ。そう思わずにはいられない。

「きみの絵に見入ってばかりでなく、描かないといけなかったな」

スケッチブックを志帆に返した大地は、椅子の脇に置いていた紙袋から新しいスケッチブックを二冊取り出した。一冊はごく普通のものだが、もう一冊はやけに高級感がある。

「俺ときみの分だ」

「えっ……」

「きみが描いた絵をもらおうかと思って、専用のものを用意した」

志帆のスケッチブックに描いた絵では、紙を破かなければいけなくなる。それなら、新しいものを用意したほうがいいと考えたと大地は言う。

彼が買ってくれたのは、布張りの表紙がリボンで閉じられている高級スケッチブックだ。リボンを解いて開けば、天のりで背が固められている。これなら一枚ずつ綺麗に保管できそうだ。厚口の紙はどの用具を使用しても滑りがよさそうで、つい指先で撫でてしまった。

「こんなに素敵なデザインのスケッチブックで描けるなんて……」

「たまたま立ち寄った店のショーケースに入っていたんだ。この前きみもスケッチブックを買っていたが、いくらあっても困るものじゃないだろう」

普段使っているスケッチブックとは明らかに違う特別感に、志帆は恐縮しながらも微笑んだ。

「嬉しいです……とても」

「よかった。画材も店員に勧められたが、俺は詳しくないから買うのは控えた。志帆は、鉛筆画が多いんだな」

「色鉛筆や水彩もありますけど、普段は鉛筆ですね。気が向いたときにすぐ描けるので」

会話をしながら、リビングのソファに向かい合わせで座った。彼に鉛筆を渡すと、スケッチ用に削った芯の長さに驚き、「きみと同じものを使っても上手く描ける気がしない」と苦笑する。

「下手でも笑わないでくれると嬉しい」

「笑いません。そうだ、できたら大地さんの絵もわたしにくれませんか？」

「きみみたいに上手くないし、ただの落書きになりそうだが」

「いいんです。大地さんが描いてくれたわたしを記念にとっておきたいんです」

志帆の願いに、彼は「わかった」と了承してくれた。鉛筆を手に真剣な表情で、スケッチブックに向かう。

大地が描き始めたのを見て、志帆も鉛筆を白紙に走らせた。まず、全体の輪郭を取ってアタリを薄く描き、徐々に線を濃くしていく。

鉛筆が紙を滑る感覚が志帆は好きだった。大地がくれたスケッチブックの紙質は今まで使ったものの中で最高の描き心地で、知らずと口元を綻ばせていた。

（けど、人物画って難しいな……）

描くには正面にいる大地の顔をしっかり見なければいけないのに、整いすぎている造作に見入ってしまう。高い鼻梁《びりょう》も切れ長の瞳も薄い唇も、完璧としかいいようがない。しかも彼も自分を見ているものだから、どぎまぎしてしまう。

「……正面からこれだけ長い時間、志帆を見るのは初めてだな。見ている分にはいいが、見られると妙に照れる」

「わたしも今、同じことを考えていました。大地さんは素敵だから、つい見蕩れてしまって……上手く描けないかもしれないです」

「それでもいい。きみの趣味を理解したいだけだ」

スケッチブックから目を離さず、さりげない口調で大地が言う。無性に嬉しくなった志帆は、先ほどよりも強く彼に抱きつきたくなった。

夫婦ふたりで互いをスケッチしているなんて幸せでしかない。

胸をときめかせながら、想いをこめて大地を描く。しばらく集中していると、白紙には徐々に彼の顔が形を成していった。

スケッチの対象として改めて彼を見ると、今まで気づかなかったことを発見する。たとえば、耳たぶによくよく見なければわからないような小さなほくろがあったし、思案しているときの癖なのか、鉛筆を指先でくるくると回していた。

些細なことだが、彼をひとつ知るともっと知りたくなる。昨日よりも今日のほうが想いが強い。きっとこうして愛情は増え続けていくのだろう。

黙々と描いていくうちに、志帆の絵が完成した。大地本人の整った顔立ちを表現しきれてはいないが、なかなかの出来でホッとする。

描いたのは、穏やかに微笑んでいる顔だ。志帆が一番好きな表情で、一緒に住むようになってからよく見るようになった。大地から優しげな視線を注がれるたびに胸が高鳴り、愛情を感じている。

「できました。大地さんはどうですか？」

声をかけると、真剣にスケッチブックに向き合っていた彼はびくりと両肩を上下させた。

「……できたと言えなくもないが、まだ改善の余地があると思う」

「えっ、見たいです！」

思わず前のめりになった志帆だが、大地は気まずそうに顔をしかめた。

「それなら先に、きみの絵を見たい」

「じゃあ、同時に見せ合うのはどうですか？　それなら公平ですし」

志帆の提案に、大地は一瞬声を詰まらせた。そうまで躊躇われると、自分がどういう描かれ方をしているのか、なおさら気になってくる。

じっと彼を見つめる。スケッチするときのように造形を観察するのではなく、感情を窺うためである。

「大地さんの目に、わたしがどう映っているのか知りたいです」

「……わかった」

大地は観念したように頷き、スケッチブックの表紙を閉じた。

「きみのように上手く描けなかったが、これが俺の精いっぱいだ」

「わたしだって人物画は不慣れです。お互い様ですよ。絵の上手い下手よりも、大地さんがわたしの趣味に付き合ってくれて、一緒に描いてくれたことが重要なんです」

スケッチブックを交換しながら告げると、大地がふっと息をつく。

「さっき俺のことを、『自信を持たせてくれる』と言ったが、きみのほうがよほど俺に自信をくれる。話していると、こんな俺でもいいんだと思える」

しみじみと語る彼は、たまに見かける寂しげな顔をしていた。けれど、最近はそういう表情をする頻度が少なくなっているように思う。

(記憶のないわたしが、大地さんの心を軽くできているならいいけど……)

そう願いつつ、「じゃあ、せーので見ましょうか」と声をかける。大地が顎を引いたのを見て微笑むと、「せーの」と言って彼と同時に表紙に手をかけた。

表紙を捲《めく》った瞬間、志帆は彼の描いた自分に見入った。

(大地さんの目に、わたしはこんなふうに映っているのね)

それは、なんの技巧も凝らしていない絵だった。しかしとても丁寧に描かれ、心をこめ

ていることが伝わってくる。

「ありがとうございます。大切にします」

彼が描いた絵の自分は、一点の曇りもなく笑っていた。とても幸せそうな笑顔だ。彼の前でこんなに無防備な表情だったのかと思うと少し恥ずかしい。

(でも、今のわたしも同じ顔をしているかもしれない)

志帆は、自分が描かれたスケッチブックをそっと胸に抱いた。じわじわと喜びが全身に広がっていく。

彼の目に、幸せに見えているのが嬉しいのだ。

「わたし、こんなふうに笑っていたんですね」

「ああ。特に最近、よく笑った顔を見せてくれて……好きなんだ、志帆の笑顔が」

思わず出たというような言葉に、志帆の頬が赤く染まる。

「わたしも、大地さんが笑った顔をもっと見たいです。わたしに笑いかけてくれる表情が優しくて……心が温かくなるんです」

「きみも、俺の笑顔を描いてくれたんだな」

志帆の描いた絵を見た彼は、ふっと微笑んだ。

「やっぱり上手い。本物よりもよほどいい顔をしている」

「本物のほうがいいです。今だって、微笑んだ大地さんを見てすごくドキドキしてます」

偽りなく本心を告げた志帆だが、我に返って俯いた。ものすごく恥ずかしい台詞を言った気がしたからだ。

最近、感情の動きが忙しない。春の日だまりの中にいるときのような穏やかな心地になることもあれば、夏の日差しに肌が焼かれるような火照りを感じることもある。どちらも、大地と接しているときにだけ起きる現象で、彼が自分にとっていかに大きい存在かを思い知らされる。

「顔がまた赤くなった」

「……大地さんこそ、さっきは照れていたのに。今はなんだか余裕を感じます」

「志帆を前にして余裕だったことなんてない」

間髪容れずに告げた大地は、熱を帯びた眼差しで志帆を見つめた。

感情を波立たせることの少ない彼が見せる情熱的な視線は、初めて抱かれたときに見たものと酷似している。

無性に恥ずかしくなるのに目が離せない。ふたりの間に、艶めいた空気が流れ始めたそのときである。

テーブルの上にある大地のスマホが音を鳴らした。ハッとしたように画面に目を落とした彼は、それまでの表情を一変させ、眉間に深い縦じわを刻む。

「あの、電話なら席を外しましょうか？」

「いや、いい。父親からだ。用件はわかっている」

「お義父さまから……」

大地の両親はすでに離婚し、父とも疎遠だと明かされたことを思い出す。今の彼の態度を見ても、いまだに良好な関係ではないのだろう。

「どうせ、誕生パーティの話だ。きみも一緒にと言われて断ったんだが、しつこく連絡してくる。しかたないから、今回だけはひとりで出ようと思っているんだ。父とは付き合うつもりはないし、きみにも迷惑はかけないから……」

「迷惑ではないです。もし必要なら言ってください。記憶が戻っていないので、役には立てないかもしれませんが」

志帆は、もともとそういった集まりは好きではない。けれど、事故に遭ってからというもの、大地の妻として何もできていないことが心苦しかった。

優しい彼は、そんなことはないと言ってくれる。だが、彼に甘えているだけではなく、自らも行動しないといけないと思ったのである。

「お義父さまが何度も誘ってくるのは、夫婦ふたりで出席しないといけない理由があるのかもしれません。わたしが必要なら喜んで一緒に参加します。だって、妻ですから」

大地が参加を拒むならそれもしかたないが、志帆の負担を考えてのことなら遠慮はしてもらいたくない。そう伝えると、彼はハッとしたような表情を見せた。

「……そうだな。きみに相談せずにひとりで決めて悪かった。くれぐれも無理はしなくていいが、都合がよければ一緒に参加してほしい」

「了解です！　誕生日のお祝いパーティなら、プレゼントはどうしましょうか」

「今までプレゼントなんて渡したことがない。会に出席するだけで充分だ」

「準備しておいたほうがいいと思いますよ。大地さんとお義父さまの関係に対して、記憶のないわたしにどうこう言われたくないかもしれません。ですが、いくら親子でも招待してくださった方へ礼儀は必要です」

　自分の考えを述べると、大地は虚を突かれたような顔をした。わずかの間思案し、「たしかにそうだな」と頷いた。

「志帆の言うとおりだ。父母のことになると、どうしても俺は頑なになる。これからも、俺が間違っていたらどんどん指摘してくれ」

「はい。大地さんも、わたしに言いたいことは言ってくださいね。約束です」

　あえて明るく告げると、彼の表情から険が消える。志帆はホッと胸を撫で下ろし、少しでも大地の心が穏やかであるよう願った。

＊

パーティへの出席を決めたものの、大地は当日になってもまだ乗り気ではなかった。志帆が一緒に出ると言ってくれなければ、適当な理由をつけてすっぽかしていたかもしれない。どうせ父との関係は最悪だ。今さら修復しようとも思わない。

よけいなことに煩わされるよりも、今は志帆とふたりの時間を優先したいのが本音だ。しかし、パーティのために着飾った彼女を見ると、憂鬱な気分が吹き飛んでしまった。

（我ながら現金だな）

会場となるホテルのロビーに到着すると、志帆に向き直る。

「気分が悪くなったらすぐに言ってくれ。本当は出なくても問題のない集まりだから」

「もう、さっきから何度も同じことを言ってますよ？」

「心配なんだ、きみが」

それは大地の本心だ。志帆の前では猫をかぶっている父はともかく、パーティの出席者が彼女を不快にしないとも限らない。

加えて、記憶のこともある。父によけいなことを伝えるつもりはないし、なるべく志帆や自分に関わってほしくなかった。

「心配は嬉しいです。でも、大地さんがそばにいてくれるし平気ですよ」

笑顔でそう言う志帆に、ささくれだった気持ちが凪《な》ぐのを感じる。パーティなどなければ、このままデートにでも誘いたい気分だ。

今日の彼女の装いも、ほかの男に見せるのはもったいない。クリーム色のIラインロングワンピースに、控えめな真珠のネックレスを合わせている。モールレース生地のボレロが上品で、彼女の清楚な色気を際立たせていた。

「きみのそばにずっといる。今日は一段と綺麗だから、変な男に絡まれないかと心配だ。もちろん、普段もだが」

大地の台詞に、志帆は素直に「ありがとうございます」と言ったが、照れているのか、視線があちこちに泳いでいる。

可愛い、と大地は思った。この笑顔をずっと見ていたい、と。

志帆が記憶をなくして以来、ふたりの関係は良好に推移している。自分が彼女と向き合えば、本当は結婚当初からずっとこんな幸せを感じていたはずだ。

大地の些細な言葉や行動で嬉しそうにする志帆を見ると、幸福だと思う一方で、いつも罪悪感に苛まれている。

もしも、このまま志帆の記憶が戻らなかったら自分はどうするべきなのか。

事実を述べて判断を仰ぐべきなのか、それとも――このまま何事もなかったように生活すべきか。

逆に、すべてを思い出した場合の想像は難しくない。記憶喪失前に離婚しようとしていたことを考えれば、志帆が大地を許す可能性は少ない。

（この幸せを俺は手放せるのか？　いや……もう無理だ）

幾度となくした自問自答にふたたび沈みかけたとき、志帆が大地の袖を引く。

「大地さん、大丈夫ですか？」

「……悪い。父とは折り合いが悪いから、少し憂鬱だっただけだ」

心配そうに声をかけられた大地は苦笑を返し、彼女を伴って会場に入った。

ホテルで一番大きな宴会場の中には、すでに招待客が大勢集っている。大地は志帆の背にそっと手を添え、そうそうに用事を済ませるために父を探した。

「挨拶だけすればすぐに帰れるから」

「ほかの方へのご挨拶はいいんですか？」

「俺は父の会社の人間と関わりがない。仕事上でもプライベートでも、ずっと距離を置いてきたんだ」

幼いころから家族関係は破綻していた。一番親の愛情がほしかった時期にそれを与えられず、母の一件で長いこと女性を信じられなかった。すべてを父母のせいにするつもりはないが、大地の性格形成の一端であり、人間不信の原因のひとつだったことは間違いない。

（だからよけいに避けていたんだろうな）

一度もつれてしまった人間関係は、努力しなければ修復できない。

血の繋がった家族とも良好な関係を築けない自分が、〝妻〟を――志帆を大切にし、結婚生活を続けていけるのか。

心の奥にあった自身への疑問を認めたくなくて、よけいに父と距離を置いていたことも否めない。

「せっかくですし、何か飲みませんか？」

志帆は大地の顔色を敏感に察知し、明るく提案してくれた。

パーティは立食形式だったため、スタッフにふたり分のシャンパンをもらい、壁際へ移動する。大地が小さく息をすると、彼女が腕に手を添えてきた。

「こういうパーティは、皆さん食事よりも社交がメインですね。美味しそうなのにもったいないって思ってしまいます」

志帆は、裕福な家庭で育っていても、〝普通〟の感覚を持っている女性だった。

（むしろ俺のほうが、よほど感覚がおかしくなっている）

自身で金を稼ぐようになり生活の質が上がると、比例して鈍感になっていった。〝もったいない〟などと感じることなどいつしかなくなっていた。——だから、志帆の作った食事も口にすらせず無視できたのだ。

この場にいることがストレスなのか、つい自嘲的になる。泥濘に沈みそうな思考を振り払った大地は、志帆に向き直った。

「父はまだ招待客に囲まれているころだ。何か食べて待つか」

「そうですね。にんじんの入っていない料理もたくさんあると思いますよ」

「……さすがにこういう場所で好き嫌いをするような真似はしない。それに最近は、ちゃんと食べるように努力している」

彼女と交わす会話が、表情が、大地を優しく包み込む。

反論した大地だが、志帆が自分をリラックスさせようとしていることに気づいていた。

（半年間遠ざけてきたくせに、こうしてまた志帆に救われている）

厚顔だ、身勝手だと自身を罵ったところで、過去は消せない。たとえどれだけ今、彼女を大切にしようとも、蔑ろにしてきた時間はなかったことにならない。

だからこそ、もうつらい想いをさせたくない。この場に来たのは、父のためじゃない。志帆が大地のために出席を望んでくれた。その気持ちに報いたいからだ。

「大地さん、スイーツもありますよ。持ってきましょうか？」

「一緒に取りに行こう。種類も多いようだし、ふたりでシェアすればいい」

大地の提案に、志帆が嬉しそうに頷いたときである。

「挨拶にも来ないで、こんな片隅で何をしているんだ、おまえは」

いつの間にこちらに気づいていたのか、父が歩み寄ってきた。

意図せず表情が険しくなるのを感じていると、志帆が大地を仰ぎ見る。そこで、彼女が記憶を失ってから父と会うのが初めてだと思い至り、小声で「父だ」と告げた。

「大勢の招待客に囲まれて、俺たちの相手どころではなかっただろ」

自覚できるほど硬い声で父に答えると、志帆がとなりで穏やかな笑みを浮かべる。

「ご挨拶が遅れて申し訳ありません。本日はお招きいただきありがとうございます」

綺麗な所作で頭を下げる志帆を見て、父が瞠目する。

(何を驚いているんだ?)

志帆と父が会話を交わした回数は片手で足りる。以前会ったときは、彼女の上品な立ち居振る舞いに気圧されていたようだが、それでもここまであからさまに感情を出しはしなかった。

「お誕生日をお祝いできて嬉しいです。おめでとうございます」

彼女は用意してきたプレゼントを差し出した。その際も、「大地さんと選んだんです」と、夫を立てることも忘れない。

一緒に買いには行ったが、あれこれと考えて祝いの品を選んだのは志帆だ。つまびらかにしないのは彼女らしい心遣いで、やはり敵わないと大地は思う。

「お義父さまのお好みがわからなかったので、大地さんといろいろお店を見て回ったんです。そうしたら、素敵な膝掛けを見つけて。色は大地さんが選んだんですよ」

「でも、プレゼントをしようと言ってくれたのは志帆だ。俺がしたことなんてほとんどないだろう」

つい口を挟むと、志帆が苦笑を零す。

「そんなことないです。大地さんは優しいから、わたしに花を持たせようとしてくれますけど、自分がしたことは謙遜しないで言わないとお義父さまにも伝わりません」

「志帆といると、自分が善人になったような気になるな」

（何事も前向きに捉える志帆の考え方は、俺にはできないことだ）

父を前にすると常に眉間にしわを寄せていた大地だが、彼女の言動で自分が笑みを浮かべていることに気づく。すると、父はそんな息子を凝視した。

「おまえたちは……上手くやっているんだな」

不思議そうに息子と嫁を見る父は、意外だという表情をしていた。

父が驚くのも無理はない。大地が女性を愛せない人間だと知っている。だからこそ、電話でも『自分の利益を考えて結婚しただけだろう』と言ってきたのだ。

「はい。大地さんは優しい人です。わたしは彼と結婚できてよかったと……幸せだと、心から思っています」

誰にともなく呟かれた父の声を拾ったのは、やはり志帆だった。

彼女の言葉に胸が詰まる。傷つけておきながら、『もう一度好きにさせてみせる』と己に誓い、志帆に接してきた。

今、想いを通わせていることは疑いようはない。それでも、志帆の口から直接結婚を肯定する言葉を聞くと、胸を掻き毟《むし》りたくなるほどの衝動に襲われた。

（志帆に誇れるような優しい人間になりたい）

彼女が褒めるに足る男でありたいと切に願う。そのためにすべきことを、大地はすでにわかっていた。

志帆にすべてを話したうえで愛を伝え、許しを請うことである。

（愛していると……やり直したいと伝えたら、志帆はどう思うだろう）

大地が思考を巡らせる間も、志帆と父の会話は続いていた。

「呼んでおいてなんだが、きみたちは来ないと思ったよ。私と大地は仲がいいとは言えないからな」

「たぶん、どうしてもソリが合わないというのは誰でもあると思うんです。でもお義父さまは、大地さんとわたしを呼んでくださったから……きっと、大地さんと会って話したいことがあるんじゃないかと」

「……そうか。ありがとう」

大地には嫌みばかりを言うが、さしもの父も志帆を前にすると素直になれるようである。

（それにしても、今日はずいぶんと志帆と話したがるな）

いつも居丈高に大地に接してくる男だが、今日は尊大な態度はなりを潜めていた。その代わりに、妙に熱心に志帆の話を聞いている。彼女の実家や自身の仕事に話題を絡めず、他愛のない世間話を楽しんでいた。

珍しいと思いつつも、大地はあえて言及しなかった。軽口を言い合ったり、心配をするような間柄ではなかったからだ。

（挨拶も終えたし、もう抜けてもいいだろう。志帆は、父が何か用事があると思っているようだが……）

ただ単に、世間体のために呼ばれたのだろう。そう結論づけた大地は、父に声をかけた。

「じゃあ親父。俺たちはこれで帰る」

「待ってくれ」

志帆の肩を抱いて立ち去ろうとするも、引き留められてしまった。

怪訝な顔をする息子に構わずに、父は真剣な口調で続ける。

「志帆さんに話がある。だから今日は呼んだんだ」

「志帆に？」

警戒心も露わに父を見遣るが、志帆は不思議そうにしながらも笑顔で応じた。

「お伺いします。なんでしょうか？」

「私はきみに以前不愉快なことを言ったな。それを謝りたい。……すまなかった」

人目を憚って頭こそ下げなかったが、父は謝罪の言葉を述べた。

これまでは、たとえ自身に非があろうと謝るような人間ではなかっただけに、父の変容に大地は驚いた。しかしそれ以上に看過できない言葉があったため、思わず詰め寄る。

「……なんの話だ？　志帆とあなたが話したことなんてほとんどないだろう」

「大地さん、落ち着いてください。まずお義父さまに事情を聞かないと……」

「親父は俺に対しても嫌みったらしいことばかり言うんだ。きみの前では行儀をよくしていたが、性根は簡単に変わらない」

志帆に窘《たしな》められたものの、譲ることはできない。さんざん志帆を傷つけてしまったからこそ、もう二度と彼女が苦しむような目に遭わせたくはない。大地は、たとえ自分自身からであろうと、志帆を守ると決めていた。

「それで、何を言ったんだ。場合によってはただじゃおかない」

実の親に向けるとは思えないほど冷ややかな目で見据えると、父はため息をついた。

「大地は女性を愛することはない。だから、志帆さんも愛されることはないと……幸せになれないのなら、早く離婚をしたほうが互いのためになる、と言ったんだ」

父の言葉にぎくりとする。実際、そのとおりの生活を送ってきたからだ。

志帆と出会う前までは、愛も恋も煩わしいものでしかなく、誰のこともどうでもよかった。大地にとって大事なのは、自分の足場——つまり仕事だ。幼いころに身勝手な母の振る舞いや父の言動を見て育ったせいで、家庭に対する理想を持てなかった。

性根は簡単に変わらない、とは、自分自身への言葉でもある。半年間、志帆を無視してきた大地は、父をどうこう非難できる行動をしていない。

(……でも、志帆を大事にしたいんだ)

志帆の前に立ち父と対峙《たいじ》すると、目の前の男は大きく息を吐き出した。

「結婚式のおまえたちを見て、愛のある結婚ではなかったのだと思った。だが、今の大地と志帆さんは、あのときとはまるで違う。何があったのかは知らないが、私の言ったことは間違いだった」

(まさか、親父が式のときに気づいていたとは……)

意外だった。父は、鷲宮家との縁を繋ぐことにしか興味がなく、息子のことなど目に入っていないと思っていたから。

「顔を合わせれば言い争いばかりだし、私と大地は互いに歩み寄ることができない性格だ。似たもの同士なんだよ、私たち親子は。だからこそ、大地がきみのようなお嬢さんを幸せにできるのか疑問だった。今日の様子で、杞憂《きゆう》だったとわかったが」

志帆が父と会っていたとは初耳だ。もちろん、記憶のない彼女も覚えていないはずだ。

おそらく父に呼ばれたのだろうが、そこでどういう会話をしたのか知る術はない。だが、志帆が傷ついただろうとは想像できた。

(家では俺に無視をされ、義父には俺が女を愛さないと告げられ……いったいきみは、どんな気持ちでいたんだ?)

自分が逆の立場ならとうに離婚していたに違いない。けれど志帆はそうせずに、我慢強く向き合おうとしてくれていた。

後悔に次ぐ後悔が胸を突き、息苦しさすら覚える。しかし、そんな大地とは対照的に、一歩進み出た志帆は穏やかに微笑んだ。

「お義父さま。じつはわたし、そのときの記憶がないんです」

「記憶、が……？」

困惑している父に、志帆は「事故に遭った衝撃で」と、簡単に事情を説明して頷く。

「でも、今のお話を聞いて思いました。お義父さまは、大地さんやわたしを心配してくださっていたんだって。でも……大丈夫です。大地さんが人を愛せないなんてことはありません。わたしは、たくさんの愛情をもらっています」

はっきりと父に告げた志帆は、大地を見上げた。その表情は誰が見ても幸せそうで、感情がひどく揺さぶられる。ただただ、彼女への愛しさで胸の奥が燃えるように熱くなり、ぎりぎりと締めつけられた。

「……そうか。私は昔から大地と上手くコミュニケーションが取れなくてな。苦労をさせてしまった分、何かしてやりたいと思っていながらも空回りしてしまう」

バツが悪そうに眉根を寄せた父は、大地に目を向ける。

「私は親らしいことをしてこなかったが、おまえを不幸にしたかったわけじゃない。私が残せるものは社長の座くらいだから、できれば継がせたかったが……おまえは、自分の力で一人前になったんだな」

大地は声にならず、頷くことしかできなかった。父も過去を悔い、息子に贖罪しようとしていたのだと気づいてしまったから。

もう長いこと心の奥深くにあったしこりは簡単に取り除くことはできないが、父も父なりに息子のことを考えようとしていたことは理解できる。

（……俺も、志帆にすべてを話して謝罪しなければいけない）

志帆は今の生活に慣れてきているし、事故の後遺症もないようだ。今まで自分がしてきたことを話すには、ちょうどいい時期ではないか。

（記憶を失う前に志帆が書いた手紙と離婚届を見せよう。そのうえで……志帆に判断を任せればいい。今の俺にできるのは、それだけだ）

このまま何事もなかったように生活することはできるが、事実を明かさず一緒にいるのは不誠実だ。

大地は志帆に対する誠意として、すべてを明かして許しを請うことを心に決めた。

＊

大地の父との対面は、思ったよりも和やかに終わった。

胸を撫で下ろしていたのもつかの間、彼は用事は済んだとばかりに志帆を伴い、そうそうにパーティ会場を抜け出した。

その後に案内されたのは、会場の上階にあるインペリアルスイートである。驚いていると、「家にいると、きみは家事をするだろうしのんびりできないだろうから」と説明された。もともと彼は、パーティ後はホテルに宿泊するつもりだったようだ。

「今日は疲れているだろう。この部屋でゆっくり寛いでほしい」

「ありがとうございます。大地さんも、疲れましたよね」

「まあ……そうだな」

苦笑した大地は、志帆にソファを勧め、自身もとなりに座った。

「少し飲まないか？」

「はい、ぜひ」

部屋に用意されていたワインボトルを手にした彼は、グラスに注ぎながら目を伏せる。

「パーティに付き合ってくれてありがとう、志帆。きみのおかげで、父と話すことができた。すぐには無理だが、俺も……あの人を避けるのはやめようと思う」

気まずそうに言う彼に、志帆は微笑んで頷く。

いつも優しい大地が、たまにつらそうな顔をするのが気がかりだった。きっと彼は、その立場ゆえに多くのものを抱えている。志帆には言えない苦難もあるだろう。

だからこそ、父親との関係と向き合えるようになったのは、大地にも大きな出来事に違いない。父との確執は、確実に心の重しになっていただろうから。

「お義父さまもきっと大地さんとお話ししたいと思います」

大地の父は息子と会話ができて満足そうで、息子との対話が何よりのプレゼントになったのだと感じられた。

(やっぱり親子なのかな……雰囲気がよく似ているもの)

人に対して不器用なところはそっくりだ。良好な関係は築けなかったようだが、時間を経て変化することもある。この先、大地や彼の父が心穏やかに話せる日がくればいいと志帆は願っている。

「きみと父が話しているのを見て、俺も考えるところがあったんだ。……昔の父は、あんなふうに自分の非を認める人間じゃなかった。でも、今の父は違った」

大地は、どことなく居心地が悪そうに続けた。

「俺も、変わらないといけないと思ったんだ」

父との対面は、大地の心に変化を齎した。複雑な思いはあるだろうが、彼が前向きになれたのであればよかったと思う。

「大地さんがそう決めたのなら、わたしは応援します」

こうしたほうがいい、とか、こうするべきだ、と言うのは簡単だ。しかし志帆は、大地に心を大切にしてほしかった。そのうえで、彼が父親に歩み寄ろうとするのなら、できる限り力になりたい。

「記憶のないわたしを支えてくれたように、今度はわたしが大地さんを支えたいです。何ができるかはわかりませんが、そばにいることはできますから」

「……ああ」

噛み締めるように頷いた大地は、志帆を見つめた。

「落ち着いたら、志帆に聞いてもらいたいことがあるんだ。ただ、今はまだ心の準備ができていないから……待っていてくれるか」

切実そうな様子を不思議に思いながらも、志帆は「待っています」と笑顔で答えた。

彼がそこまで言うのなら、きっと気軽に聞ける話ではない。きちんと受け止められるように心の準備をしておきたい。

そう伝えると、彼の端整な顔が切なげに歪む。

「抱きしめていいか？　志帆……」

「えっ……」

「頼む」

なぜだか切迫した空気を感じ、もちろんだと了承する。すると大地は、安堵したように笑みを浮かべ、志帆を優しく包み込んだ。

(今までそうしてもらったように、今度はわたしが大地さんを支えたい)

彼の背に腕を回し、ゆっくりと背中を撫でる。ほんの一瞬身体を強張らせた大地は、やがて大きく息を吐いた。

「悪い。今日は少し、感傷的になったようだ」

腕を解いた大地に謝罪され、志帆は首を傾げる。

「どうして謝るんですか？　何も悪いことをしていないのに」

「きみに甘えた。断れないとわかっていて、抱きしめさせてくれと頼んだんだ」

「それがどうして駄目なんですか？」

志帆は彼のスーツを摑み、強い眼差しで見据えた。

大地は優しい。それゆえに、すべて自分で背負い込んでしまうようで心配だった。志帆に記憶がないことで、彼にいらない心労をかけてしまうのも、守られてばかりで肝心なときに頼ってもらえないのも、寂しいことだと思う。

「わたしは大地さんに甘えてもらったら嬉しいです。自分が弱っているときは甘やかしてほしいし、逆にあなたが疲れていたら癒やしたいんです」

「俺は、きみを守りたいんだ。それなのに優しくされるとつけ上がるし、今だって抱きしめたらもっと触れたくなっている。堪え性がなくて自分でも呆れる」

「そんなことありません……！」

いつもよりも大きな声で反論した志帆は、彼を見つめて言い募る。

「わたしだって……大地さんに触れてほしいし、触れたいって思ってます。でもそんなふうに言われたら、本心を伝えられなくなります」

求めているのは彼だけではない。志帆も大地を愛しているし、ぬくもりを欲している。ほかの誰にも感じることはない欲望を、彼に対してだけは抱いている。

「……触れてください、大地さん」

彼の手を握ると、自分の頬へあてる。自分から接触を望むのは恥ずかしいが、それよりも大地に安心してもらいたい気持ちが強い。

記憶を失った志帆を献身的に支えてくれた大地には感謝しかない。彼がいてくれなければ、これほど穏やかな心地で生活できなかっただろう。

想いをこめて正面から向き合うと、熱情を湛えた視線を返された。

志帆にとって、大地だけが自分から触れてほしいと望む存在だ。そう伝えるように、頬にあてていた彼の手のひらに口づける。

手のひらへのキスは、求愛や親愛を示しているという。手のひらや甲、指などへのキスは、男性から女性へするほうが多いかもしれない。けれど志帆は、言葉だけでなく行動で大地への愛を示す。

「志帆が好きでどうしようもないんだ、俺は。もしも望むならいくらでも跪《ひざまず》く。だからきみを愛することを許してくれ」

大地は意を決したように志帆を腕の中に閉じ込めた。

やわらかく包み込むような抱擁ではなく、激しい感情をぶつけるようにかき抱かれる。

志帆はそれが嬉しかった。彼の心に触れられた気がしたから。

「許すも許さないもないです。……大地さんを愛してます。自分から触れてほしいなんて、あなた以外には言えないし、言いたくありません」

「志帆……」

感じ入ったように名を呼ばれた瞬間、唇を奪われた。

やや強引に唇の合わせ目から舌が挿入される。片腕で腰を抱かれ、もう片方は後頭部を押さえられた。苦しいほどの口づけだったが、志帆は抗わずに彼の唇を受け止めた。

今、お互いに求め合っていると触れた箇所から伝わってくる。これまでよりもずっと強く大地の欲望を感じ、志帆の体温が上がっていった。

「んっ、ん……ぅっ」

舌の表面を撫でられて腰が震える。彼の舌先が口腔をぬるぬると這い回り、攪拌された唾液が淫らな音を立てている。

かすかに香るワインの匂いとキスの感触に酔いしれる。すると大地は唇を離し、呼吸を乱した状態で志帆の肩に顔を埋めた。

「きみを抱きたい。……抱かせてくれ」

懇願するようなしぐさだった。志帆は、「わたしも同じ気持ちです」と伝える。さすがに『抱いてほしい』と直接的な言葉は恥ずかしくて言えないが、それでも彼に想いは告げておきたかったのだ。

志帆の意志を確認した大地は立ち上がると、その勢いで志帆の手を引いた。

ベッドの前までできた彼は腰を下ろし、大きく両手を広げて志帆の腹部に腕を回す。

立ったままホールドされた格好だが、彼のつむじが見えるのが妙に新鮮だ。思わず髪を撫でると、大地がふと顔を上げる。

「……子どもになった気分だな。こんなふうに誰かに頭を撫でられたことはなかった」

少し寂しそうだったが、彼に悲壮感はない。話す間にも志帆の背中に手を這わせ、ワンピースのファスナーを器用に下ろす。

「あ……っ」

ワンピースが床に広がり、下着姿になってしまう。志帆は羞恥に頬を染めた。なぜなら、今身につけている下着は少しばかりセクシーだったから。

白の総レースのショーツと揃いのブラで、服に合わせてガーターベルトを使用している。自分でも少し大胆に見えたのだが、大地の感想も同じだったようだ。

「こんな下着もあったんだな」

「服と合わせて買ったんです……」

凝視されて恥ずかしくなりつつ答えると、「綺麗だな」と感想を漏らした彼は、手際よくブラのホックを外して志帆の胸を露わにさせた。

とっさに隠そうとするも、彼の動きのほうが早かった。腕を引かれてバランスを崩し、大地の肩に手をつく。それと同時に、胸の先端に吸いつかれた。

「あ……っ」

強く吸引されて、無意識に腰が引けそうになる。けれど、片手でしっかり腰を抱き込まれているため逃げられない。

わざと大きな音を立てながら乳首を舐めしゃぶられ、もう片方は指で摘まれる。双丘に違う刺激が齎されると、じわじわと快楽に侵食されて下肢が火照ってきた。

大地の口の中で育った乳首が硬く凝る。ざらついた舌でそこを突かれると、膝がかすかに震え出す。彼に触れられて感じているのだ。

「は……ぁっ」

思わず漏れた吐息は艶を含んでいた。

大地の舌戯は巧みで、志帆の乳頭を敏感にさせる。優しく舌の上で転がしつつ、そうかと思えば甘噛みをしてくる。絶えず違う快楽を与え続けられれば、彼の肩にしがみつき愉悦に耐えるしかできない。

（わたし、もう濡れてる……）

ショーツの中が湿り気を帯びている。志帆は無意識に腰をくねらせ快感から逃れようとする。だが、それは大地をなおさら煽《あお》ることになってしまう。

「本当に綺麗だ、志帆。ずっとこうしていたい」

乳首から唇を外した大地が言う。いつも清廉な雰囲気の彼が見せる淫らな顔つきは、志帆の官能を揺り動かす。

蜜孔からとろとろと愛液が滴る感覚に身震いすると、胸をいじっていた彼の指がショーツの上から割れ目に沈んだ。

「あ、んっ……」

小さく喘いだ志帆は、羞恥で頬が熱くなった。彼の愛撫で恥部は潤い、ひくひくと淫猥《いんわい》に蠢《うごめ》いている。自ら触れてほしいと望んだとはいえ、それを知られるのが恥ずかしいのだ。

大地は志帆の反応を探りながら、ショーツ越しに花芽を弾いた。乳首は唇で挟んで扱かれて、彼に操られたように身体がぴくぴくと微動する。

齎される快楽が強くなっていき、志帆の呼吸が浅くなる。布越しの刺激がもどかしくなり、意図せず腰をゆらめかせ、彼の指を誘うような動きをしていた。

「直接触れたほうがいいか？」

「き……聞かなくても、いいです……」

「志帆の口から、どう思っているのか聞きたい」

ねだるように告げられ、心臓の音が大きく鳴った。

ずるい、と志帆は思う。身体の反応から直接触れてほしがっていることなどわかっているはずなのに、それでもあえて言わせようとするのだから。

（でも……時には言葉にしないと伝わらないこともある）

先ほど大地に愛を伝えられたとき嬉しかった。おそらく彼も、志帆からの愛の言葉を喜んでくれている。そう信じられるくらいには、ふたりで過ごした時間は濃密で、優しさに溢れていた。

「ち……直接、触ってほしい……です」

望まれるまま言葉にすると、彼が破顔した。

「ああ。俺もだ。きみを直に感じたい」

大地の指がショーツをよけ、秘裂に直接触れる。ぬちっ、と水音を立てて花弁を擦り立てられて、淫蕾がじくじくと疼く。

「はぁっ……あ、んっ……」

体中が発熱したように熱くなってくる。彼に触れられた感触と相まって、自分でもどうにもできないくらいに気持ちと体内が昂ぶっている。

「指を挿入するのとここをいじるのどっちがいい？」

「ンッ……」

大地の指先が花芽に触れた。びくんと総身を震わせ刺激に耐えていると、彼が促すように膨らんでいる蕾を撫で擦る。

「あ、ぁ……っ」

「きみはこっちのほうが好きか」

「っ……どっちも……好き、です……」

羞恥に耐えながらも素直に答える。大地に愛撫されて感じていると、心も身体も幸せなのだと伝えたかった。

「可愛いな、きみは。愛しくてどうにかなりそうだ」

大地の指が蜜孔に挿入された瞬間、志帆はぴりぴりと痺れるような快感を味わった。長い指で肉襞を擦られ、親指で花蕾を押し潰される。一番感じる部分を愛撫され、志帆はただひたすら快感に身悶えた。

「大地さん……っ……気持ち、い……ンンッ」

「嬉しいよ。きみが感じてくれると、俺も興奮する」

濡れた肉壁を擦り立てられ、志帆は背を反らせながら彼の両肩に爪を食い込ませた。すると今度は、胸の尖りに舌を這わせつつ指を動かされる。

「っ……ぁっ！」

ふたたび乳首を舐められて、蜜孔に咥えている指を深く食んだ。大地の動きをつぶさに拾ってしまい、身体はどんどん切なく高まっていく。

志帆の内側に喜悦が充満する。胸も下肢も大地に触れられ、意図せず腰が揺れていたが、恥ずかしさよりも強く彼を欲し、胎内が蠕動《ぜんどう》している。

（もう、達っちゃう……っ）

がくがくと総身が痙攣し、志帆は喉を反らせた。絶頂したのだ。

内部に埋められていた彼の指を強く締めつけている。それなのに、まだ足りないとでも言いたげに、最奥は別の快楽を求めて蠢いていた。

「今日はいつもよりも感じやすいな」

ふと笑った大地は指を引き抜いた。途端にがくりと腰が落ちるも、彼に支えられた。そのままベッドに寝かせられ、視点の定まらない瞳でぼんやりと大地を見つめる。

彼はスーツの上着とベストを脱ぎ、ネクタイを乱暴に首から引き抜いた。そこに余裕は感じられず、一刻も早く志帆と繋がろうとする意思を感じる。

強く求められていることがわかってぞくぞくしたとき、シャツのボタンを外して脱ぎ捨てた大地は、まだ呼吸すら整わない志帆の肌に食らいつくようにキスを落とした。

「ん……ぁっ」

乳房に指を食い込ませ、頂きを交互にしゃぶられた。敏感な身体に施された愛戯はより峻烈《しゅんれつ》な愉悦を志帆に与え、ベッドの上で腰をくねらせるしかできない。

「志帆……俺は、きみだけしか好きになれない」

独白のように呟いた大地は、志帆の身体の隅々までキスをした。ふだんしないような両脇の下やつま先までも口づけられ、ひたすらに喘ぎ声を出す。けれど彼は攻め手を緩めずに、志帆を反転させた。

「あ……っ」

視界が急に変化して声を上げると、背中にのし掛かられる。彼の重みにすら感じ身を震わせる志帆に、大地は背筋に沿って唇を押しつけてきた。

胸のふくらみを鷲掴みにされ、乳首を指で扱かれる。先ほど達した余韻でショーツの中はびしょ濡れで、すでに役目を果たしていなかった。

「大地、さ……ぁ、んんっ」

執拗とも取れるほどしつこく愛撫を施され、志帆の体内はとろとろに溶けている。自分の意志では動けずにいると、背後からベルトを外す金属音と袋を破く音がした。

大地が、避妊具をつけているのだ。頭の片隅で考えたとき、ショーツを脇に抛《ほう》った彼は、腕を志帆の腹部へ回し、肉棒を蜜孔へあてがった。

「志帆、今日は加減できない」

「あ、あぁっ……！」

宣言と同時に、熱の塊が突き入れられる。

熟れた肉襞を摩擦し、欲の塊が最奥に捻じ込まれると、脳髄が痺れるような快感を味わった。待ち望んだ彼自身を咥え込んだことで、ただ挿入されただけで軽く達してしまう。

「は、ぁっ……ん、ぁっ」

蜜襞が彼自身に絡みつくも、大地はそれに構わず腰をたたきつけてきた。ずぶずぶと淫らで粘着質な音と打擲音《ちょうちゃくおん》が重なり、聴覚からも犯されているようだ。

「あっ、激し……っ」

「悪い、止められない」

短く詫《わ》びを入れた大地だが、言葉どおり容赦がなかった。

骨にまで響くくらいに腰を打ちつけられ、張りのある雄槍で蜜肉を擦り立てられると、脳が愉悦に支配されていく。

気持ちいい。気持ちいい、気持ちいい――

志帆はもうそれしか考えられず、大地に揺さぶられるまま喘いだ。

鋭い腰使いで子宮口をぐいぐいと圧迫され、穿たれるたびにたわわな双丘が上下に揺れる。その振動にすら快感を拾ってしまい、内壁を満たす雄肉を引き絞る。

「ッ、志帆……」

艶っぽい掠れた声が耳元で聞こえる。大地も感じているのだ。気づいた志帆の胎内はさらに熱く潤み、自らを苛む肉棒を圧搾《あっさく》する。

髪飾りをつけて纏めていた髪はすでに乱れ、ショーツもぐっしょりと愛液を吸って淫らな匂いを放っている。繋がりから絶えず響く水音も相まって、全身が喜悦に塗れていく。

もみくちゃに乳房を歪めていた手がいつの間にか志帆の細い腰へと移動し、しっかりと摑まれていた。逃れようもなく淫悦を与えられ続け、理性が消えて本能が剝き出しになる。

「ア、ん、ぁっ……もっと、ほし……」

「は……きみが望むなら、いくらでも……ッ」

大地の抽挿がいっそう激しくなった。最奥に肉傘を捻じ込んだかと思えば、雄茎のくびれで淫蜜を含んだ媚肉を掘削し、動きに緩急をつけてくる。

強烈な快楽ばかり与えられ、志帆はおかしくなりそうだった。感じすぎて怖い。それなのに、もっと彼と深く繋がりたい。相反する心境を抱えながらも、粘膜の摩擦が齎す快感に思考が冒されていき、やめてほしいとは思わなかった。

大地は、記憶を失った自分ごと愛してくれる。その実感は、志帆の身体を過敏にし、彼に何をされても愉悦に変換されていく。

「もっと俺をほしがってくれ……きみに、愛されたいんだ」

彼に応えるように、蜜孔が狭まった。時に身体は言葉よりも雄弁で、全身で大地を求めて愛を伝えている。

「大地さ……顔、見たい……」

後背位でも充分感じる。だが、志帆は彼と正面から抱き合いたかった。自分を抱く大地の表情も目に焼きつけておきたいと思ったのである。

志帆の願いを聞いた大地の動きは早かった。挿入した状態で志帆の片足を持ち上げ、腰を捻らせる。

すぐさま反転させられて、希望どおり向かい合ったはいいが、体位が変化したことで蜜孔に埋まっている雄槍の角度が変わった。ぐりっ、と肉傘が媚肉を抉り、志帆は思わずいきんでしまう。

「ふ、っ……んぁっ」

「し、ほ……志帆……っ」

大地自身の質量が増し、蜜窟を圧迫した。彼とぴったりと重なり合い、動くたびに汗で濡れた硬い胸板と乳房が擦れ、新たな快感を連れてくる。

自分ばかりが理性を失っていると思っていたが、それは大地も同じだった。いつも紳士的で冷静なのに、瞳に孕《はら》むぎらついた欲望を繕いもせずに志帆を穿っている。

夫婦がお互いに夢中になっているのだ。これを幸福といわずして何というのか。快楽に塗り潰された脳内にふと過るも、彼は意識を逸らすことを許してくれなかった。

劣情をぶつけるように、キスをしてきたのだ。

「っ、ンンッ」

滑った舌が口腔に侵入してくる。唾液が攪拌される音が耳につき、そちらに意識を取られると、肉筒をこれでもかというほど突き上げられた。

重い抽挿に息が詰まる。しかし大地は口づけを解かぬまま、根元まで肉塊を埋め込み、それを限界まで引き抜く動きを繰り返す。

「んんっ……っぅ」

彼が腰を引くと、肉傘の隆起に肉襞が引っかかり、愉悦の芽を刈り取られるような感覚が気持ちいい。胎の中は熱を増し、血流がどんどん激しくなっていく。

志帆はほとんど無意識に大地の腰に両足を巻きつけた。もっと密着し、隙間なく彼と抱き合い、ひとつになりたいと思ったのである。

唇を離した大地は、志帆を見つめた。息は荒く、肌は汗に濡れ、通常時の穏やかな眼差しは見る影もない。ただ、妻の愛を希う男がそこにはいた。

「わたし……大地さんじゃないと……だめ、です」

身も心も委ねられるのは彼しかいない。大地が志帆の愛を信じられるように、何度でも伝えたい。記憶があろうとなかろうと、愛するのは彼ひとりだけだ。

「俺も、きみだけだ」

短く答えた大地は、秀麗な顔に喜色を浮かべた。その顔が愛しくて背中に腕を回せば、腰が跳ね上がるほど強く鋭い抽挿で攻め立ててくる。

淫孔に溜まった愛液が、雄肉が出し入れされるたびにぐちゅぐちゅと音を立てる。結合部は白く泡立ち、ひどくいやらしい状態になっていた。

（大地さんのいない人生は考えられない）

志帆の想いは身体の反応となって現われる。吐精を促すように大地自身を絞り上げ、胎の内側がうねっている。

（わたし……また……）

心臓の拍動が大きくなる。肌がぶわりと粟立ち、絶頂感が高まった。全身が小刻みに震え、大地にぎゅっとしがみつく。

「い、く……大地さん……いっちゃう……っ」

志帆の叫びに応えるように、大地は腰を振りたくった。余すところなく蜜襞を熱塊で行き来され、愉悦の深さに息をすることすら苦しくなる。

「志帆、俺も……一緒に……ッ」

呻くように言った大地は膝立ちになり、志帆の身体を折り曲げた。腿《もも》の裏を手のひらで押さえつけると、ごつごつと奥を抉ってくる。

自分の内側で彼自身が硬く膨らんでいく。絡みつく媚肉を激しく行き来し、ずぶっ、ぐぷっ、といやらしい音が大きくなる。

「っ、ぁ……ンッ……ぁああ……——」

視界が壊れた電球のように明滅する。一瞬息をするのも忘れるほど多大な悦楽を極め、志帆の身体が弛緩《しかん》する。ほんのわずかに遅れたタイミングで息を詰めた大地は、眉根を寄せて胴震いした。

中にいる肉棒がびくびくと痙攣し、彼もまた達したことを知る。

「好きだ。……好きだ、志帆」

まだ息も整わない中で囁いた大地は、挿入したまま志帆を抱きしめる。

互いの汗と体液に塗れていたが、不快ではなかった。彼のぬくもりに抱かれていることに、このうえない幸せを感じている。

志帆は大地の腕の中で微笑むと、この生活がいつまでも続くようにと願った。


パーティから一週間後。部屋の掃除をしていた志帆は、平穏な時間を噛み締めて笑みを浮かべた。

(お義父さまのパーティに出てから、やっと大地さんの妻として自信が持てるようになった気がする)

もともと優しく過保護気味だった大地は、さらに拍車がかかっていた。

仕事が終わればまっすぐ帰宅し、休みの日はふたりで何をするかを決めて過ごしている。先日は買い物に付き合ってくれたが、困ったことがひとつあった。大地は、すぐに志帆にプレゼントしようとするのだ。値段を気にしないものだから、どうにかして思い留まらせようと難儀している。

もちろん自分の使える金額の範囲でのことだが、出かけるたびに目についたものを『志帆が好きそうだから』という理由だけで購入するため、『気持ちは嬉しいですが買いすぎです』と窘めている。

生活は至って順調だ。体調にも問題はなく、従兄弟の書道教室の手伝いも再開した。大地と義也はあまり気が合わないようだったので、彼が嫌がるのなら手伝いは控えようと思ったが、『家にこもりきりよりも気晴らしになるだろう』と大地は快く承諾してくれた。その際、『きみと従兄弟の仲がよくて嫉妬しているだけだから気にするな』と、志帆の行動を制限するつもりがないとも言っている。

（大地さんは、常にわたしを気にかけてくれてる。わたしも、もっと大地さんの気持ちを察することができるようになろう）

部屋の掃除をしながら気合いを入れる。

彼に愛され、自分も彼を愛している。志帆の心は穏やかだった。

唯一の気がかりといえば記憶が戻らないことだが、それすらも些細なことだ。大地は、記憶がなくても今の志帆を受け入れて、愛してくれるから。

「あとは、大地さんの部屋に掃除機をかけて……あっ、資源ゴミも纏めておかなきゃ」

明日は資源ゴミの日だと伝えたところ、彼はいらない雑誌をデスクの脇に置いてあると言っていた。帰ってきたら自分で纏めると聞いているが、彼の帰宅前に済ませておこうと思ったのである。

大地の書斎は仕事関係の書類や書籍が多く、志帆はあまり入らないようにしているため、彼がいないときに足を踏み入れるのは少しだけ緊張した。

(掃除の必要がないくらいに、大地さんの部屋は整理整頓されているのよね)

よけいなものに触れないように、デスクの脇に積んである雑誌を持ってきた紐《ひも》で縛っていく。彼が読んでいるのは経済誌が多かったが、その中にデートスポットを特集している雑誌を発見してつい微笑んだ。

(きっと、次のデートのためにいろいろ考えてくれてるんだろうな)

彼ならば、流行りの場所などいくらでも心得ているだろう。それでも雑誌を参考にするのは、誰でも喜びそうな場所に連れて行こうとしているのではなく、〝志帆が喜ぶ場所〟を選ぼうとしているからだ。

彼のことを理解するほどに、想いが大きくなる。

夫婦として過ごした記憶がない中で〝夫〟だと言われて最初は戸惑った。けれど、手探りで互いに歩み寄り、今では大地のいない生活は考えられなくなっている。

この先も、異性と積極的に関わろうと思わない。唯一大地だけが例外で、それは一生変わらないと断言できる。

「……よし、できた！」

雑誌を纏めて縛った志帆は、ひとまず玄関に移動させておこうと立ち上がった。書斎と玄関を数回行き来し、すべて運び終えたところで息をつく。

ゴミの集積場へは、大地に手伝ってもらって運べばいい。数束の資源ゴミを見て考えつつ、書斎のドアを閉めようとする。そのときふと、椅子の脇に落ちている封筒が見えた。

(出入りしてたときに落としちゃったのかな)

ふたたび書斎に入って封筒を拾った志帆は、何気なく目に留まった文字に動きが止まる。

「これ……わたしの字……」

宛名には『大地さんへ』とだけ記され、裏には自分の名前が書いてあった。だが、この部屋に住むようになって彼に手紙を書いたことはない。だからこれは、記憶をなくす前の志帆が大地に宛てたものだ。

封筒はなんの変哲もないどころか、愛想の欠片もない無地である。少なくとも志帆は、知人友人に手紙を送る場合には、便箋や封筒は可愛らしい柄のものを使っていた。

（わたしは大地さんに何を伝えていたの……？）

思案した志帆は、しばらくその場に留まった。

もうすぐ彼も帰ってくる。このまま封筒をデスクの上に置き、部屋を出て夕飯の準備をするべきだ。

頭ではそう思っても行動に移せなかった。封筒を持っている手がなぜか震え、説明できない不安感に襲われる。

「っ……」

自分宛ての封書でない限り、中を見ることはもちろんない。とはいえ、自分が書いたもののならば、見たとしても問題ないのではないか。もしかすると、記憶を思い出すきっかけになるかもしれない。

（……どうしてこんなに不安になるんだろう）

記憶が戻らなくてもいいと大地は言ってくれているし、志帆自身も同じ考えだ。大事なのは今の生活で過去ではない。

けれど、以前の自分が彼とどのように会話し、ここで暮らしていたのかが気にならないといえば嘘になる。もしも記憶が蘇るのなら、それに越したことはない。何がきっかけになるかはわからないと、医師からも説明されている。

（少し見るだけ。あとで大地さんにもこのことを話せばいい）

封筒に封はされていなかった。志帆は躊躇いながらも、中から便箋を取り出した。やや緊張しつつ便箋を開く。かさり、と、紙が擦れる音がやけに響く中で、内容を確認した。その瞬間、志帆は脳内が揺さぶられたような衝撃に襲われた。

（どういう……こと……？）

綴られている文字は乱れていたが、確かに志帆が書いたもので間違いはない。

だが、手紙に記されていたのは、大地との離婚を願う悲痛な言葉だった。

唇が震え、呼吸が浅くなってくる。それなのに、視線は文字を追ってしまう。

『この半年、大地さんと夫婦でいたくて頑張ってきました。お見合いをしてから結婚式までの間で、あなたとなら結婚したいとそう思えたから。……あなたは、初めて好きになった男の人です』

――そう。見合いをして、デートをして。彼との結婚生活に希望を抱いていた。

『できることなら、夫婦として一緒に歩んでいきたかった。でも、もう無理です。このまま一緒にいても、お互いのためにならないでしょう』

――優しかった彼は、結婚式を境に変わってしまった。それから半年、ただこの家に住んでいるだけの空虚な日々を送ってきた。だけどいつかは、大地が以前のように接してくれるようになると信じていた。

『大地さん。誓ってわたしは、あなたに疑われるような行為はしていません。わたしが好きなのは、あなただけです』

——誕生日の夜。なぜか彼は、従兄弟の義也と志帆の関係を疑うようなことを言った。ひどく酔っていて、まともに話せるような状態ではなく……この部屋に連れ込まれ、無理やり抱かれたのだ。

「……っ」

バラバラに散らばっていた記憶のピースが、脳内で次々に嵌まっていくような感覚。それと同時に蘇った体験に身体が震え、手紙を握ったまま部屋を出た。なんの気遣いもなく抱かれたことまでも思い出したのだ。

「どう、して……」

廊下に出ると、呆然と呟く。

結婚して過ごした半年間、大地の態度は冷たかった。それなのに、記憶を失ってから一緒に住むようになると、これまでとは打って変わって優しい気遣いに溢れていた。まるで、見合いをしたばかりのころのように。

志帆は誕生日の当日、大地に強引に抱かれたことが契機となって離婚を決意した。信頼関係を築くのはもう無理だと思ったから。

(でも……でも！)

事故に遭い、記憶のない状態の志帆に対し、大地は本当に優しかった。強引な真似もせず、恋がしたいという志帆の願いを叶えようと、ゆっくりと歩み寄ってくれていた。

半年間の結婚生活と現在の彼は、あまりにも言動が違いすぎて混乱する。

デートをしたり、一緒に絵を描いたり、常に志帆に心を砕いてくれていた彼の姿がすべて嘘だったとは思いたくない。

だが、それでも。孤独に過ごした半年間の記憶が、思考を混沌《こんとん》の渦に突き落とす。

（わたし……わたし、は……どうすれば……）

あの夜、確かに志帆は大地から逃げた。好きなのは彼だけなのに、従兄弟との関係を疑われるのはつらかった。それに、気持ちが伴っていないのに抱かれることも。

もう無理だと思った。離婚を決めたのは、苦渋の決断だ。これから先、二度と誰とも心を通わせることなく、ひとりで生きていく覚悟だった。

ところが、志帆が事故に遭ってからの大地は、まるで今までの生活を取り戻すかのように大切に扱ってくれた。だからこそ、過去と現在の記憶が混じり、心が乱れるのだ。

考えが纏まらず、視界が歪んでくる。いまだ震える身体を抱きしめてその場に留まっていると、不意に玄関のドアの解錠音がした。

「志帆？　ただいま」

「大地……さん」

混乱しているうちに、いつの間にか彼の帰宅時間になっていた。

まだ気持ちの整理がつかないまま、志帆は大地に向き合おうとする。だが、蘇った記憶が邪魔をして、今までのように笑って彼を出迎えられない。

「志帆、何かあったのか？」

靴を脱いだ大地は、いつもと違う妻の様子にすぐに気づき、手を伸ばそうとする。しかし、志帆が手に持っていた封筒を目にしたとたんに動きを止めてしまう。

「それは……」

「へ、部屋に落ちていて……自分が、書いたものだった、ので……」

しどろもどろで答えたものの、動揺が収まらず震えていた。彼と視線を合わせられず目を泳がせると、大地は察したように深く長い息を吐いた。

「……記憶が、戻った……のか」

彼の声は、志帆と同じ、いや、それ以上に衝撃を受けているようだった。思わずそちらに目を向ければ、これまで見たことがないほど顔が青ざめている。

自分よりも、よほどショックを受けているように見える。けれど、大地を気遣う余裕は今の志帆にはない。取り戻した記憶と今までの大地の言動が違いすぎて、どういう反応をすればいいかわからなくなっている。

「俺の罪も、すべて思い出したんだな……」

大地は絞り出すように声を発した。聞いているほうがつらくなるような悲痛さを孕んでいたが、彼は静かに説明を始める。

「……俺は、きみと従兄弟の仲を疑っていた。結婚式当日にふたりが抱き合っているところを見て、志帆を信用できなくなったんだ。本当は従兄弟が好きなのに、俺との結婚を決めたのかと思うと……自分ばかりが本気だったのがバカみたいに思えた。くだらないプライドで、半年間きみを傷つけていた」

大地は頭を下げ、志帆に謝罪した。

結婚式当日のことは、鮮明に思い出せる。あの日、挙式前で緊張している志帆を義也が散歩に誘ってくれた。

『無理して結婚なんてする必要ない。今からだってやめればいい』

義也にそう言われたが、『わたしの勝手でそんなことできるはずないわ』と、笑って否定している。そもそも無理などしていないし、大地との結婚は志帆も望んだことだ。

過去の事件もあり心配性の従兄弟は、志帆の決意が固いことを知ったうえで意思を確認してきたのだ。そして、彼なりの激励の言葉をくれた。

『志帆がそう言うなら止めないけど、無理だと思ったらすぐに言うこと。いいね。志帆が望むなら、僕が攫ってあげるから』

『大丈夫よ。大地さんは優しいもの。それにね、わたしが初めて好きになった人なんだ』

笑顔で答えれば、『ごちそうさま』と、義也も笑ってくれた。

この時点で志帆は、大地と幸せな家庭を築いていけると期待に胸を膨らませていた。それが、裏切られることになるとは夢にも思わずに。

（まさか、大地さんがあのときのことを誤解していたなんて……）

結婚式の当日に、妻となる女性がほかの男性と抱き合っているところを見たのだ。彼の衝撃は察するに余りある。

「……誤解させるような行動があったのは申し訳ありません。でも、義也くんは……ただの従兄弟です。お互いに、男女として特別な感情はないんです」

大地が志帆を信じられなくなったのは、彼の母親の一件も影響しているのだろう。けれど、どうしてその場で声をかけてくれなかったのかという思いは拭えない。

「義也くんが過保護なのは、わたしが以前誘拐されかけたから……なんです」

「誘拐……？」

彼の目が驚愕に見開かれる。

大地は、父母の不和を記憶のない志帆に語ってくれたことがあった。そのときは、信用してもらえた気がして嬉しかったが、志帆にも彼に言っていない過去が存在した。

本当は話したくない内容だったが、この事件を避けて義也との関係は語れない。

なるべく冷静に誘拐未遂事件の概要を話すと、大地の顔がみるみるうちに歪んでいった。

「きみは……だから、異性を避けていたのか」

「……はい。義也くんは事件のことを気にしていただけで、わたしに対して異性に抱く感情はないんです。もちろん、わたしも」

大地は声にならないのか絶句している。罪悪感に苛まれていることがありありと伝わる沈痛な表情を目の当たりにして胸が軋《きし》んだ。

こんな顔をさせたいわけではなかった。それでも過去を明かしたのは、これ以上誤解をしてほしくなかったから。

でも、結果として大地は自身をさらに責めている。――記憶を失う前の志帆を、強引に抱いたからだ。

「俺は……きみに、許しを請う資格すらない」

ぽつりと呟かれた言葉に答えられなかった。

大地を責めたくはない。だが、結婚後の行動すべてをすぐに許すと言えるほど人間ができていなかった。

しばらく互いに無言で佇んでいたが、先に動いたのは大地だった。

ドアが開いたままの自分の書斎に入り、一枚の紙を手に出てくる。それは、志帆が手紙とともに添えた離婚届。

「最低な男だ、俺は。従兄弟との関係を勘ぐり、挙げ句に無理やりきみを抱いた。夫婦であっても許されない行為をしたのに、記憶を失った志帆に何も言わずに関係を修復しようとしたんだ」

自らを嘲るように言うと、彼は離婚届を志帆に差し出す。

「俺の名前は書いてある」

「え……」

「離婚をするというなら受け入れる。きみが決めてくれ。……俺は、しばらくホテルに泊まるから……気持ちが決まったら連絡をしてくれるか」

離婚届を押しつけるように志帆に渡すと、大地は何も持たないまま家を出て行く。

(どうして……)

離婚届には、確かに彼の名が記されていた。彼の文字には乱れがなく、冷静に記入したことが窺える。

「っ……っぅ」

苦しかった半年間の結婚生活と、幸せだった事故後の生活の記憶が混濁し、涙となって頬を伝う。

志帆は大地を追いかけることもできず、床に足が縫いつけられたようにその場から動けなかった。

6章　最愛のひと

記憶が戻ってから三日目の朝。志帆は実家の自室でぼんやりと時を過ごしていた。

もともとマンションは大地の名義だし、出て行くのなら志帆のほうだ。仕事をしている彼を差し置いて居座るような図太さはない。何よりも、あの部屋でひとりで過ごすのはつらかった。彼に見向きもされなかった半年間を思い出してしまうから。

ため息をつき、荷解きすらしていないキャリーバッグに目を遣る。

大地が出て行ったあと、志帆はキャリーバッグの中に日用品を詰め込んだ。そして彼に、『実家に戻るので、大地さんはマンションに戻ってください』とメッセージを送った。すると、『ごめん』と簡素な返事がきたのみで、それ以降の連絡はない。

（……大地さんは、どんな気持ちで離婚届を書いたんだろう）

彼に手渡された離婚届は持ってきている。だが、それを出そうとは思えなかった。

離婚届は、結婚して三ヶ月後辺りに衝動的にもらってきていた。けれど、自分の名前を記入したのは記憶をなくしたあの夜だ。

それまでも、つらくなかったかといえばそうではない。

大地の父に呼び出され、実家を訪れたときのことだ。鷹揚《おうよう》に迎え入れてくれた義父は、心配そうに大地との生活について尋ねてきた。

曖昧に濁して答えていると、『あいつには期待しないほうがいい。大地は女性を愛することはない。だから、志帆さんも愛されることはない』と聞かされた。

『式での大地は、愛する女性と結婚をするような態度ではなかった。それが気がかりでな』

そう言った義父は優しい人なのだと思った。大地との関係が良好ではないのは察していたが、義理の娘を心配してくれる思い遣りがある。そんな義父によけいな心配をかけるのは心苦しく、彼とは見合いで出会ったが、これから愛を築いていきたいと話している。

しかし、志帆の努力も虚しく、半年間、妻として扱われなかった。話し合いをしようと決意した矢先に謂《いわ》れのない疑いを向けられ、混乱を来《きた》した状態で欲望をぶつけられた。

心が折れるには、充分な出来事だった。

（それなのに……）

記憶を失っていた間に接してきた彼の行動が、志帆を苦しめる。

恋をしたい、という願いを厭《いと》うことなく叶えてくれた。デートをして、他愛のない会話やキスをして、彼のぬくもりに包まれて眠る喜びを知った。だが、それらはすべて記憶のないときの話なのだから、なんとも皮肉である。

「記憶が戻らなければ……ずっとあのまま生活できたの……？」

ぽつりと呟いた問いに、自ら否定するように首を振る。

記憶のないときは不安だった。どうしてあれほど優しい大地のことだけを忘れてしまったのかと、彼との思い出を失ったことが哀しかった。

けれど、蘇った思い出はつらいものばかりで、これなら記憶など戻らないほうがよかったと思ってしまう。そうすれば何も知らずに、彼と一緒にいることができたから。

（でも、それもわたしの勝手な気持ちね……）

病院で志帆が目覚めたときから、大地は常に志帆を気遣っていた。触れるときは必ず許可を求め、一緒に住むにあたり最大限の配慮をしてくれている。

今までの大地の行動すべてが嘘だったとは思いたくない。その一方で、完全に信じきれない自分がいる。

（だけど……いつまでも、このままではいられない）

両親には、『記憶が戻ったばかりで混乱しているから、落ち着くまではこちらで過ごしたい』と伝えている。父母は特に疑わず、『ゆっくりしていきなさい』と、久しぶりの親子水入らずを喜んだ。

大地と別れるか否か、その瀬戸際だとは両親に伝えられなかった。それに、まだ結論は出ていない。考えたところで答えは出せず、ただ無為に時間が流れてしまっている。

思考に沈んでいると、テーブルに置いてあるスマホが振動した。

画面を確認した志帆は、自然と笑みが浮かんだ。義也が、書道教室の生徒と一緒に写した写真を送ってくれたのだ。『気が向いたら遊びにおいで』とメッセージが添えてある。

（義也くんも、心配してくれてるんだろうな）

記憶が戻ったことは義也にも話している。直接ではなくメッセージで、実家にしばらくいると説明した。従兄弟からは、身体を気遣う返信がきたのみで、詳細を尋ねられることはなかった。

書道教室の手伝いに行こうかとも思ったが、それも憚られた。後ろ暗いことはないとはいえ、大地が誤解していた経緯もある。これ以上話を拗れさせたくない。

気持ちを切り替えるように息をつくと、クローゼットを開けた。中から取り出したのは、実家に置いていた画材である。

（やることもないし、絵でも描こうかな）

志帆は、何を描くともなくスケッチブックに鉛筆を走らせた。こうしていると思い出すのは、実家にいたときに描いていた絵ではなく、大地と互いの姿を描いたときのことだ。

『好きなんだ、志帆の笑顔が』――彼は、そう言ってくれた。期せずして互いの笑顔を描いたことが、なんだかとても特別なことに思えた。

こうしていても、脳裏に浮かぶのは大地のことばかりだ。にんじん嫌いを克服しようとしていたり、志帆の料理を残さず食べて片付けを手伝ってくれたりと、今思えば彼は新婚生活をやり直しているようですらあった。

(よく、笑ってくれていたな)

彼の笑顔を見ると心が凪いだ。単純に嬉しかったのだ。

記憶を失う前もあとも、志帆は彼に惹かれて恋をした。苦しめられた半年間の結婚生活を思い出してもなお離婚を決断できないのは、以前よりも想いが強くなっているからだ。

ふと気づけば、白紙のスケッチブックには大地の顔を描いていた。

これまで人物画を描いてこなかったため技術はないが、彼を知る人が見れば大地だとわかる程度には似ていると自負する。

自分の描いた彼は、優しい笑顔を浮かべている。つい見入っていると、部屋のドアがノックされた。

「志帆、僕だけど」

「えっ……」

ドアを開けると、立っていたのは義也だった。

「どうしたの？　さっき写真を送ってくれたから、書道教室にいるのかと思った」

「写真は前に撮ったものだよ。今日は別の仕事があって、教室は休みにしたんだ。仕事に行く前に志帆と会っておこうと寄らせてもらった。入ってもいいかな」

「あ……」

結婚する前までは、義也が遊びにくると自室で話をしていた。けれど今は、大地のことが脳裏を掠め、以前のように気軽に部屋に入れられない。

「ごめん、義也くん。別の場所でもいい？」

幼いころから接してきた従兄弟とは、誓って男女の仲ではない。月並みだが、兄と妹と表現するにふさわしい間柄だ。

しかしそれでも、志帆は一線を引こうと思った。大地が義也に嫉妬していたと、記憶を失っていたときに明かされたから。

「いいよ。リビングで……っていうのもなんだし、少し散歩しようか」

義也はあっさりと頷いてくれた。長い付き合いの従兄弟は、志帆の変化に気づいている。その証拠に、家を出たところで謝られた。

「志帆はもう結婚しているのに、配慮が足りなかったね。ごめん」

「ううん、そんなことない。ただ……もしも大地さんが、自分の部屋に女の人を入れたら嫌だなって思っただけなの」

もしも彼に親しい女性がいたとして、部屋に招いたら面白くない。たとえそれが、兄妹のように親しい関係の従姉妹だったとしても。

夫婦だからそう思うのではない。ただ、志帆個人として、大地がほかの女性と親しくするのは嫌だ。そう感じる理由は、自分の中に明確にある。

「やっぱり志帆は、四之宮さんのことが好きなんだね」

「うん」

志帆は自身でも驚くほど素直に、大地への気持ちを認めた。自分の心を偽るなんて無理な話だ。それに長い付き合いの従兄弟は、その場しのぎの嘘なら簡単に見抜くだろう。

「記憶を失う前から、わたしはずっと大地さんが好きだった。だけど……今はあの人に素直に伝えられる自信がないの」

半年間の記憶を取り戻したことで、彼に蔑ろにされた日々を思い出してしまった。

「大地さんは、わたしが本当は義也くんと結婚したかったんじゃないかって思っていたみたい。そんなことありえないのに……でも、誤解させてしまったのはわたしだから」

彼の本心を知った今、志帆の心の中にあるのは、大地への怒りでも憤りでもない。存在を無視されたことの哀しみと恐れだ。

この先、彼以外の人を好きになれないと思うほど心を寄せている。けれど、大地が離婚届に記入していたことが志帆はショックだった。

別れを覚悟しながら一緒に生活をしていたのかと思うと、ふたりで恋を——気持ちを育んだ日々を否定されたような気がした。

「……僕は、志帆に謝らないといけない」

ゆっくり歩を進め、静かに志帆の話を聞いていた義也は、後悔に苛まれているかのように重苦しい息を吐き出した。

志帆が首を傾げると、訥々《とつとつ》と語り始める。

「結婚式前に話したこと覚えてる？　僕は、四之宮さんとの結婚をやめてもいいようなことを言ったよね。あのとき、四之宮さんが僕たちの話を聞いていたのを知っていたんだ。そのうえで、彼を試したんだよ」

予想外のことを告げられて息を呑む。

結婚式当日に義也との会話を聞いていたのは、大地本人から明かされて知っている。しかしその会話を、わざと聞かせているとは思わなかった。

「僕がきみを大事にしていることをわからせたかったし、志帆を大事にしてくれる男か見極めたかった。……でも、そんなのは自分勝手な思いだ。昔、きみを守れなかった負い目を感じたくなくて、志帆のボディガードを気取っていたんだ、僕は」

自嘲気味に語る義也に、なんと声をかけていいかわからない。

「志帆の幸せを願っているし、そのためになんだってしようと思った。けど、四之宮さんを誤解させるような行動をしたのは間違いだった。ごめん……志帆。きみがたちが拗れてしまったのは僕の責任だ」

「……それだけが、理由じゃないよ。義也くんの行動は、ただのきっかけで……わたしたちは、話し合いができていなかったから」

義也の罪悪感を軽くしようと思っての言葉ではなく、それは事実だった。

大地は、記憶のない志帆に自分の過去を語ってくれた。母親の不貞がきっかけで女性を信じられなくなったと話す彼はとても苦しそうで、それだけ心に深い傷を負った出来事だったのだと思った。

しかし彼は、志帆の記憶があったときは話してくれなかった。そして志帆もまた、自分が誘拐未遂事件がきっかけで、異性と距離を置くようになったことを話せなかった。

機会はあったはずなのにそうしなかったのは、互いに怖かったのだ。心の奥にあるやわらかなかさぶたを引っ搔き、相手に傷を晒すことが。

「これは……大地さんとわたしの問題だから、義也くんは責任を感じないでほしい」

志帆の台詞に瞠目した義也は、小さく吐息を漏らした。

「いつまでも過去を引きずって、志帆を縛っていたのは僕のほうだね」

「そんなことない。わたしはずっと助けられてきたもの。義也くんがいてくれたから、事件を乗り越えられたと思ってるよ」

「……そう言ってもらえると、少しは救われるかな」

苦く笑った義也は、ふと視線を志帆へ向けた。

「そういえば、四之宮さんが茂おじさんと交流しているって話なんだけど……」

「うん。それも、心配してくれてたんだよね」

父の弟、鷲宮茂が新設された省庁のトップに立ったことで、大地が自分の仕事のために茂に接触を図ったのではないかと義也は懸念していた。

「茂おじさんにこの前会って、四之宮さんの会社に便宜を図るようなことはあるのか聞いてみた。すごい不躾《ぶしつけ》な話だと思うけど、茂おじさんは怒るでもなく笑っていたよ。『その話は四之宮くんにもされた』って」

「大地さんにもって……どういうこと？」

「……あの人は、自分がどういうつもりで茂おじさんに近づいたのか全部話したそうだよ。そのうえで、『入札で勝った場合は信頼して仕事を任せてほしい』って宣言したんだって。たいした自信家だね」

義也の話では、大地が茂に近づいたのは、省庁の事業への参画を目論んでいたからだと本人に明かしたという。

あわよくば自社に有利な入札情報を聞き出そうと思ったことは否定しないが、もうその気持ちはないと――志帆の夫として、正々堂々と仕事を取りにいくと宣言したそうだ。

「おじさんも笑ってた。『ああいう野心家が大成するのはよく見てきたし、彼ならいい仕事をするだろう』って。僕は、四之宮さんなりの志帆への誠意だと思ったよ。きみに知られて恥ずかしい真似をしたくなかったんだろうね」

「大地さんが茂おじさんに話をしたのはいつ……？」

「志帆が記憶を失っている間のことみたいだ」

義也の説明を聞いた志帆は、なんとも言いがたい感情が胸に渦巻き、つい目を伏せる。

志帆と〝恋〟をしようとしてくれた彼は、陰を感じさせることがあった。おそらく、結婚後の自分の行動や、茂への接触を後ろめたく思っていたのだろう。

「義也くん、教えてくれてありがとう。いつも心配させてばかりでごめんなさい」

「身内なら心配するのは当たり前だよ。心配ついでにもうひとついい？」

「うん、なに？」

「実家に戻ってきたのはどうして？　僕にはっきり言うくらい彼が好きなのに。……やっぱり、記憶を失う前に何かあった？」

核心を突く発言に、思わず声を詰まらせた。義也とは、事故に遭う直前まで電話で会話をしていた。そのときに、『もう駄目かもしれない』と、大地との結婚生活が壊れていることを暗に伝えている。

だが、今の大地に対しては、そう思っていない。

「……半年間の結婚生活は、すれ違ってばかりでつらかったのは本当。でもね、わたしが記憶を失ってから大地さんは一生懸命やり直そうとしてくれた」

だから、もう一度彼に恋をした。大地に愛され、夫婦として歩み寄っていく過程に幸福感を抱いた。

「大地さんが好き。だけど……あの人が、記憶が戻ったわたしと一緒にいたいと思ってくれるのか自信がないの」

（本当は信じたい。でも……）

大地はすでに離婚を受け入れていた。志帆が記憶を失っている間の彼の行動はただの贖罪で、記憶が戻った時点で別れを決意していたのだと思うと哀しかったのだ。

自分ばかりが恋をして、彼はいつでも夫婦関係を終わらせる覚悟をしていた。過去も現在も、彼にとって自分は簡単に切り捨てられる程度の存在でしかなかったと思うと、寂しさと悔しさがない交ぜになり、複雑な心境になる。

「……義也くんと話していたら、自分の気持ちが整理できたよ。ありがとう」

「それならいいけど。……後悔をしないように四之宮さんと話しておいで。僕は志帆の選んだ道を応援するから」

幼いころから見守ってくれていた従兄弟は、心から幸せを願ってくれている。

「心配はありがたいけど、義也くんも自分の幸せをちゃんと考えてね」

「そうだね。僕も本気で恋をしたくなってきたよ」

どこか吹っ切れた様子の義也に、ようやく互いに誘拐未遂事件を過去にできるような気がした志帆は、笑顔で従兄弟の幸せを願った。


その日の夜。夕食を終えると、スマホの画面を睨みながら、ひとりで悶々《もんもん》と考えていた。

（話がしたいって連絡すればいい？　でも、大地さんが仕事中だったら動揺させてしまうかもしれないし……かといって、朝一番で連絡するのも、出勤前に気にさせそうだし）

誰かに連絡をするのに、これほど悩んだことはない。それだけ自分にとって大地は特別な存在だったのだと、些細なことで思い知らされる。

義也と会話をして気づいたのは、大地を嫌いになることはないということ。半年間の冷ややかな結婚生活を思い出しても、彼を憎むことはできない。

大地が志帆の用意した離婚届に判を押していたのは、志帆の気持ちを尊重しようとする彼なりの優しさだ。理解はしているけれど、感情では納得できない。それこそが、今の迷いの根本なのだろう。

ため息をついた志帆が、スマホをテーブルに置こうとしたときである。

「志帆、お客さまよ」

部屋のノック音とともに、母が顔を覗かせた。

「お客さま……？」

現在の時刻は午後八時。このような時間に訪ねてくる人物に心あたりはなく不思議に思っていると、「四之宮さんよ」と、母から言われてギョッとする。

「えっ！」

「リビングでお茶でもって勧めたのだけれど、遠慮しているのか玄関でいいって言っていたわ。それなら志帆の部屋にと思ったら、ここで大丈夫だからって」

事情を知らない母は困惑しているようである。慌てて立ち上がった志帆は、玄関へと急いで向かう。

（連絡も入っていないし、急にどうしたんだろう？）

階段をばたばたと下りると、スーツ姿の大地が志帆に気づいて眉尻を下げた。

「急に来て悪い。少し話したくて」

「それなら、わたしの部屋に来てください。いま、お茶を持ってきます」

「気遣いは無用だ。きみの部屋に入っていいのなら、お邪魔させてもらう」

大地はどこか緊張していた。もちろん志帆もなのだが、彼の顔色は悪く、目の下にかすかにクマがある。もしかして寝ていないのかもしれず、心配になってしまう。

「……どうぞ、上がってください」

母に大地と自分の部屋で話すことを伝えると、彼を自室に案内した。

「散らかっていてすみません」

マンションを出てからずっと志帆の思考を占めていた人物が、今目の前にいる。どこか不思議な心地になりながら、テーブルを挟んでラグの上に腰を下ろした。

「きみらしい部屋だな。温かみを感じる」

大地の表情が、わずかに緩む。

ほんの三日間しか離れていなかったのに、彼を目の前にすると胸が締めつけられた。大地の存在が心の中に深く根付いているのだと、改めて自覚する。

「その……体調はどうだ？」

「……病院の検査では、問題ないと言われました」

「そうか。よかった」

互いにどこかぎこちなく、会話が続かない。それもそのはずで、ふたりの間には〝離婚〟の二文字が横たわっている。志帆の決断ひとつで別れることになるのだから、大地としては結果が気になるところだろう。

（……でも）

「それで、用事はなんですか？」

志帆は気まずい空気を切り裂くように、平静を装って問いかけた。

本当は会いにきてくれて嬉しいし、顔を見ただけで胸がときめく。しかし素直にそう言えないのは、大地の態度が曖昧だからだ。

このまま大地と離婚したくない。彼が好きだから、そばにいたいと願っている。けれどそれは、志帆だけが望んでも意味がない。

「本当はわかってます。離婚のこと……ですよね。いつまでも決めかねていたら、大地さんも困るでしょうし」

彼がわざわざ志帆の実家まで足を運んだ理由はそれしかない。ところが大地は、ゆっくりと左右に首を振る。

「……そうじゃない。俺はただ、きみがどうしているのか気になったんだ」

静かに口を開いた大地だが、「いや、違うな」と、自らの言葉を否定する。

「俺は、志帆の顔を見たかった。直接会って話がしたかったんだ。きみのためじゃなく、自分のためにここへ来た」

彼は神妙な顔で、志帆の返答を待っている。その姿は、半年間結婚していた夫ではなく、『恋をしよう』と言ってくれた彼だった。

「……大地さんは、どうして記憶のないわたしを突き放さなかったんですか？　恋がしたいなんてわたしの願いは、無視すればよかったのに」

離婚届に彼が記入したのは、別れてもいいと思ってのことだろう。それなら、最初からそう言ってくれればよかった。離婚するつもりだと言われたら、恋をしようなどとは思わなかった。

「後悔したんだ」

大地は掠れた声で、力なく項垂れた。

「無理やりきみを抱いて、自分が勘違いしていたことを悟った。謝ろうと……すべて俺が悪かったと言えば、夫婦関係は続けていけるだろうと考えていたんだ。我ながら、どうしようもない」

自身を傷つけるような口調は、聞いていて胸が痛む。それでも目を離さずに彼と向き合うと、大地は視線を上げた。

「きみが初恋だと言ったのは嘘じゃない。だが、従兄弟との関係を勘ぐった挙げ句に、自分のプライドを守るためにきみを傷つけた。すまなかった」

彼はテーブルに両手をつき、額がつきそうなほど頭を下げた。

「きみの記憶がない間、夫婦として一緒に過ごす時間は幸せだった。でも、同じくらい記憶が戻ることが不安だった。俺が今までしてきたことを思い出せば、離婚を切り出されると思っていたから。わかっていながら俺は、記憶がないのをいいことにきみを抱いた」

苦渋の滲んだ声を絞り出す大地に、自分までつらくなってくる。

顔を上げた彼は、まるで自らの罪を裁いてもらいたいとでも言いたげだった。

大地と一緒に過ごしていると、たまに苦しげな表情を浮かべることがあったが、ずっと罪悪感と戦っていたのだと今はわかる。

「俺は卑怯《ひきょう》な男だ。きみの半年間を考えると、許されるべきじゃない」

彼の台詞に、志帆の頬が硬くなる。それと同時に、強い憤りが湧き上がった。

「……離婚を望んでいるのは、大地さんのほうじゃないですか？」

「何を……」

「わたしは！　半年間、ずっと悩んで……大地さんが何を考えているのかわからなくて、それでもずっと話し合えるような機会を待っていたんです……っ」

志帆は一度言葉を切ると、浅くなってきた呼吸を整える。

思えば、見合いをしてから今までの間、面と向かって大地と対立したことなどなかった。志帆は〝怒る〟という行為が苦手だ。もちろん理不尽な目に遭わされたときは憤りもするが、それを表に上手く出せない。幼いころに誘拐未遂事件があり、周囲から気遣われていたため、不要な心配をかけないよう衝突を好まない性格になっていた。

けれど今、彼と喧嘩をしようとしている。このままでは、大切な人を失ってしまうと思ったから。

「……どうして、簡単に離婚してもいいようなことを言うんですか!?　もうわたしと結婚している必要がなくなったからですか？　もともと大地さんが結婚を決めたのは、自分の会社のためで……茂おじさんと、懇意になりたかったんですよね」

「っ、それは否定しない。でも俺は、簡単に離婚を考えたわけじゃ」

「同じことです……！」

感情を露わにした志帆に、大地が瞠目する。

彼と結婚して半年間は、嫌われるのが怖くて何も問いただせなかった。いつか結婚前の優しい大地になってくれると、ぶつかることを避けた。

しかしそれは、ただ逃げていただけだ。本気で彼と向き合えていたなら、誤解などすぐに解けたに違いない。

「どうして……わたしの記憶が戻った日に、部屋を出て行ったんですか？　あのとき、ふたりで話そうって言ってくれたら、わたしは……」

「きみの過去を知らずにひどい真似をした俺が、あの場にいられるはずないだろう……っ」

それまで感情を排除し、冷静に話そうとしていた大地が声を張った。

「異性を避けてきたきみに、一番してはいけないことをしたんだ。すべてを思い出した以上、俺がそばにいると恐怖を感じさせるかもしれない。一刻も早くきみの前から消えることが、俺があのときできた最善の方法だった」

重苦しい息を吐き、大地は自身の額に手を押しあてる。彼の声も顔つきも、深く苦悩していることをありありと感じさせた。

しばらく顔を伏せていた大地は、意を決したように志帆と向き直る。

「……きみと離れている三日間も、ずっと最低なことをした自分を責めていた。それなのに俺は、志帆を手放したくないと思った。一緒にいると、抱きしめたくてしかたなくなる」

明かされた大地の本音に、志帆の胸が震えた。

聞きたかったのは謝罪ではない。志帆をどう想い、これからどうしたいのか——過去の行いに対する後悔ではなく、未来への展望だ。

大地は、「悪い」と感情的になったことを詫びたあと、声を落とした。

「俺は今も、理性を総動員させてきみに触れずにいる。たかが三日離れていただけで、志帆が恋しくてしかたない。こんなことを言って、怖がらせるかもしれないが」

「大地さんのことは、怖くないです」

事故に遭った日の夜は、心のない行為に傷ついた。それでも今は、大地に恐怖を覚えはしない。彼が、大事にしてくれた記憶があるからだ。

「部屋に入ってもらったのはわたしです。大地さん以外の人とふたりきりになるようなことはしませんけど、あなたは……優しいから」

触れるときには許可を求め、不器用に距離を縮めようとしたことも、ツーショット写真を一緒に撮ったことも、互いの絵を描いたりデートでコキアを見たことも。大地がくれた思い出であり、志帆を笑顔にさせた出来事だ。

「わたしは、大地さん以外の人と恋はしたくないんです」

志帆の言葉で、それまで光を失っていた大地の目に生気が宿る。彼は少し身体をずらすと、床に両手をつき頭を垂れた。

「すまない……。きみの願いなら叶えようと思ったのに、たとえきみが望もうと俺は離婚なんてしたくない。志帆を諦められないし、諦めたくないんだ」

声は震えていたが、それでも大地ははっきりと告げた。

「もう一度俺とやり直してほしい。頼む」

以前の大地は、プライドが邪魔をして志帆と向き合わず、結果としてひどい誤解をしていた。しかし今は違う。自らの行いを心から悔い、志帆を強く求めている。それこそ、プライドなどどうでもいいというように。

彼の想いが胸に迫る。志帆はこみ上げてくる涙を堪え、大地に問いかけた。

「……また、デートしてくれますか？」

「きみが望むなら、毎日でも」

「絵も、また一緒に描いてくれますか」

「もちろんだ。写真もたくさん撮ろう。いろいろな場所にふたりで行って、今までの分も思い出をたくさん作ろう」

顔を上げた大地は、整った顔をくしゃりと崩す。

「俺のしてきたことは許されることじゃないが、一生をかけて志帆を幸せにすると約束す

る。毎日恋をしてもらえるように努力していく。きみを愛しているんだ」

「約束をしてくれるなら許します。わたしも……大地さんを愛しているから」

立ち上がった志帆は、座っている大地に抱きついた。

遠回りしてしまったが、もつれていた感情の糸が解れ、彼とようやく心がひとつになった気がする。

「迎えにきてくれてありがとうございます。……離婚届は、破棄しますね」

「ああ。もう二度と、きみに離婚を切り出されないようにする」

志帆の背に大地が腕を回し、肩に顔を埋める。ふたりは、もう二度と離れないというように、しっかりと抱き合った。


翌日の午後。志帆は四日ぶりとなる大地のマンションへ戻ってきた。

実家を後にするとき、母は『夫婦にはいろいろあるから』と言って見送ってくれている。急な里帰りに何かを感じていたのかもしれないが、特に言及されることはなく、その配慮がありがたかった。

部屋の中は、志帆が出て行った日のままだった。

この三日間、大地はマンションで寝泊まりをせず、着替えに帰っていただけだという。

志帆がいない部屋で過ごすのがつらかったため、ホテルに宿泊したと語っていた。

掃除や片付けを済ませるころには、大地の帰宅時間が近づいていた。

記憶が戻ってから初めて彼を出迎えるとあり、ほんの少しだけ緊張する。

（こんなふうに大地さんを待つ日がくるなんて、記憶を失う前は思ってなかった）

感慨深く思いつつ、リビングから玄関に続く廊下に出る。時刻は午後七時。遅れるという連絡は入っていない。あともう少しで、彼は帰ってくるはずだ。

ドアの前で落ち着きなくうろうろしていると解錠音がした。開いたドアの向こうにいたのは大地だ。彼は志帆を見るなり驚いた顔をする。

「どうした？　何かあったのか？」

「大地さんを出迎えたくて、待っていたんです」

靴を脱いだ大地は、「そうだったのか」と、志帆の前に立ち、嬉しそうに破顔した。

記憶を失う前からずっと、彼の笑顔が好きだった。こうしてふたたび一緒に過ごせる喜びを覚えながら、志帆は大地に抱きついた。

「おかえりなさい」

「ああ、ただいま。志帆も、おかえり」

軽い抱擁を交わすと、大地は少し照れくさそうに志帆の頭をぽんと撫でた。

「きみに出迎えられると、家に帰ってきたんだと実感するな」

「今日は、絶対に玄関で出迎えようって決めていたんです」

笑顔を向けると、大地に顔を覗き込まれてドキリとする。

「志帆……キスしたい。してもいいか？」

「……はい」

やはり大地は律儀に約束を守り、触れるときに意思を聞いてくれる。こういう部分も、彼の信頼できるところだ。

志帆の承諾を得た大地は、そっと唇を重ねた。最初は軽いものだったが、少しずつ口づけの時間が長くなる。唇の合わせ目に舌が忍んでくると、その感触にぞくりとした。

（久しぶりに、大地さんとキスした気がする）

彼の匂いや唇の感触を意識し、志帆の心が歓喜に沸いた。大地の胸にぎゅっとしがみつくと、いつの間にか壁を背負っていることに気づく。

「ん、んっ」

鼻にかかった声を漏らし、濃厚なキスに酔いしれる。唾液をたっぷり含んだ舌で口腔を撫でられると、肌がぞくぞくと粟立った。かすかに膝が震え出し、壁に背を預けていなければ立っていられない。

「志帆……」

大地は甘えるようなしぐさで額を擦り合わせてきた。珍しい彼の姿に胸がときめく。互いに本音をさらけ出し、夫婦として再出発できたからこそ、夫の新たな一面を見ることができたのだ。そう思うと嬉しくなる。

「抱きたい。いいか？」

熱い吐息混じりに囁かれ、小さく頷く。求めているのは彼だけではない。志帆もまた、大地との触れ合いを望んでいる。

了承の意を示すと、すぐさま大地は寝室のドアを開いた。優しく志帆の腕を引き、ベッドに腰を下ろす。

「悪い。全然余裕がない」

「わたしは、大地さんに触れられるといつも余裕がないですよ？」

「それは……嬉しい。お互いに夢中なんだな」

言いながら、志帆を自身の足の間に座らせた大地は、脱いだ上着を放り投げた。その手でネクタイを外し、志帆の背に指を這わせる。

「好きだ、志帆」

「んっ……」

言葉とともにシャツとスカートを脱がされ、あっけなく床に落ちる。下着姿を恥ずかしがる間もなく背中から抱きしめられ、ドキドキと鼓動が高鳴っていく。

「……わたしも、大地さんが、好きです……」

「そんなに俺を喜ばせると、浮かれて止まらなくなる」

大地は首筋に唇を押しあて、ブラの上から胸を揉みしだいた。

優しい手つきで布越しに乳首を擦られて、反射的に腰が跳ねる。すると彼は、空いている手を下肢に伸ばした。胸を揉みしだきながら、ショーツ越しに花芽をいじられ、志帆は思わず声を上げる。

「やぁ……んっ」

ぴりっと電流が走ったような感覚に、背筋が震える。彼とこうして肌を合わせる喜びで、どこに触れられても感じてしまう。

ショーツの中がしっとりと潤いを帯びてくる。少しの愛撫だけでも期待感で濡れているのだ。自覚すると、なおさら敏感になってしまう。

大地の指は、志帆の反応を確かめつつも不埒で大胆に動いた。胸と花蕾の両方を押し擦られると、ぴくぴくと内壁が微動する。まるで物足りないとでもいうようにひくつく自分の身体に羞恥を覚えるのに、思考のすべてが大地で占められていく。

「はっ……あんっ」

「まだ夢みたいだ。志帆とこうしてまた暮らせるなんて。……記憶が戻れば、もうそばにいられないと思っていた」

離れていた三日の間に、深く懊悩《おうのう》していたことを感じさせる台詞だった。志帆は首を左右に振り、はっきりと告げた。

「そう簡単に嫌になりません。だって……大地さんはわたしに二回も恋を教えてくれた人なんですから」

「っ……あまり煽らないでくれ。ただでさえ俺はきみに弱い」

熱を帯びた呼気が耳朶に触れる。言葉とともに首筋に吸い付かれ、ブラを外された。縛めを解かれた胸がふるりと揺れると、大地は志帆の身体を反転させた。

ベッドに横たえ、まろび出た胸の突起をしゃぶってくる。

「ンッ、ん……ぁっ」

甘い刺激に喘ぎながら、愛撫を受け止める。乳頭を口に含まれ舌の上で転がされると、ひどく淫らな心地になった。徐々に彼を受け入れられる身体へと変化していき、胎内の疼きが増している。

「気持ちいいか？」

彼は顔を上げると、志帆と視線を合わせた。探るようにショーツを脇によけ、直接秘部に指を沈める。途端に、ぬちゅり、と淫猥な音が耳に届き、志帆の身体が羞恥に染まる。

「やぁっ……」

「可愛いな……もっと声を聞かせてくれ」

潤った蜜孔に大地の指が入ってくる。自分の内側に彼が触れたことで、それまでとは違う種類の喜悦に襲われた。

彼は志帆の感じる部分を熟知し、快楽を引き出していく。体内の浅い部分を数回指で押されると、ぶわりと肌が粟立った。

「んッ……ぁあっ」

ふたたび胸の頂きを口に含まれて強く吸引された。そのうえ指で媚壁を擦られるものだから、快感が止まらない。

胸と恥部へ愛撫を施されたことで、内部は愛液を湛えていた。指が動かされるたびにぐちゅぐちゅと水音が鳴り響き、胎内が昂ぶっていく。

大地は、ただひたすらに志帆を感じさせることだけを考えて愛撫を施しているようだった。そんな触れ方をされれば、快楽を得ないはずがない。

すでにもう、達きそうになっている。か細く声を上げながら身悶えていると、大地が上目で志帆を見つめていた。

（恥ずかしい……でも、嬉しい）

自分が感じている姿も、しゃぶられてぷっくりと勃ち上がった乳頭も、ぐずぐずに蕩けている秘部も、すべて知られている。はしたない姿を恥じ入る気持ちはあるが、それと同じくらい彼に知ってほしいと思う。

大地を愛しているから、これほど感じているのだと。

「目が潤んでいるが、平気か？」

「は……い。嬉しくて……」

顔を上げた大地は、喜悦を隠さず志帆の目尻にキスを落とした。蜜口に挿入していた指を引き抜き、自身の衣服を脱ぎ始める。

志帆は彼に目が釘付けだった。

ほどよく引き締まった上半身は男性らしい色気に溢れている。もどかしげに衣服を脱ぎ捨てる間も、志帆から目を離さない。お互いの視線に搦《から》め捕られてしまったかのようだ。

下着を脱げば、割れた腹筋の下部に欲望の塊が隆々と反り返っている。自分がこれほど彼を興奮させているのかと思うと、蜜口から欲情のしるしが滴った。

反射的に身を捩《よじ》ろうとしたとき、志帆のショーツに手をかけた大地は一気に布を引き下ろした。

「あ……」

「逃げないでくれ、きみのすべてが見たいんだ」

掠れた声でそう言うと、左右に足を広げられた。隔てるものが何もなく、ひくついた蜜孔からとろとろと零れる愛液まで見られてしまう。

「綺麗だ」

「あんまり、見ないでください……」

「困ったな。志帆の嫌がることはしたくないのに、目が逸らせない」

　話している間も、彼は動きを止めなかった。避妊具のある棚に手を伸ばして封を開けると、手早く自身へと装着した。

「感じている顔も恥ずかしいところも、志帆の全部を目に焼きつけたいんだ」

「ンッ……あっ」

　彼は熱い呼気を吐き出すと、腰に力をこめた。蜜孔にあてがわれた雄槍の先端が、膣口の中にじわじわと吸い込まれていく。胎内を押し拡げられていく感触は恐ろしいほどの愉悦を志帆に与え、総身をびくびくと震わせた。

「あっ……んっ、ぁあっ」

　硬く膨張しきった肉棒が淫孔を犯すと、ぐちゅりと卑猥な音を立てた。媚肉は彼自身に絡みつくように蠕動し、心身が喜悦に塗れる。

　粘膜と雄茎が密着したことで、摩擦熱が強くなる。挿入されただけで達してしまいそうだ。胎内は小刻みに震え、自分自身の反応にも感じてしまう。

「っ、は……」

　何かに耐えるように眉根を寄せた大地が吐息をつく。色気のある表情を目の当たりにし、意図せず胎内が窄《すぼ》まった。

　言葉にせずとも、重ねた肌から互いに想い合っていることが伝わってくる。

彼自身が最奥に到達する。目が眩《くら》むような多幸感を覚えて微笑むと、大地は感じ入ったように微笑み返してくれる。

「もう二度ときみを泣かせない。きみだけを愛している」

至近距離で囁かれ、胸がいっぱいになった志帆は、大地の背中にしがみついた。

「わたし、幸せです」

「ああ、俺もだ」

彼は志帆の背に腕を回し、唇を重ねた。心も身体もひとつに重なったことで、いっそう敏感になる。

（ずっとこうしていたくなる……）

キスに応えながら考えていると、かき混ぜられた唾液がくちゅくちゅと音を鳴らす。すると、音に煽られるように媚肉がきゅうきゅうと締まり、彼の肉槍を絞り上げていく。

「っ……そんなに締められると、すぐに達きそうだ」

唇を離した大地は、指先で胸の突起を捏ね回した。先ほど舐められていたため、唾液に濡れた乳頭がてらてらと光っている。彼の綺麗な指で勃起した乳首を苛《いじ》められると、胎内にいる雄棒をぎゅっと締めつけた。

「あんっ……は、あっ」

「ああ、感じているな。きみの身体が喜んでいるのがわかる」

淫らに笑った大地は、突然激しい抽挿を始めた。

骨に響くような重い突き上げに腰が浮き、それを押さえつけるように体重をかけられた。

彼は胸のふくらみに指を食い込ませ、腰を思いきりたたきつけてくる。ようやく雄棒に馴染んだ蜜窟を容赦なく行き来され、まるで胎内が火に炙られたように熱を発した。

「ッ……あっ、んあ……っ」

「志帆……つらかったら言ってくれ。なるべく加減する」

「ン、ッ……平気、です……」

本当は腹の奥が苦しかったが、それでもやめてほしくなかった。大地だけではなく、志帆もまた彼を求めているからだ。

志帆の返答に大地は頷き、腰の動きを変化させた。肉傘で媚肉を抉るように小刻みに揺さぶられ、快楽が絶え間なく流れ込んでくる。

本能の赴くままに雄棒を行き来させていたが、今度は志帆をより深い愉悦へと誘うかのような抽挿だ。

（大地さんが、好き……）

余裕のない彼も、自分を翻弄する彼も、どちらも志帆には魅力的だ。

結婚生活を始めて半年は、互いの行き違いでつらい日々だったが、それすらも今の幸せのために必要な道だった。この人と恋ができてよかったと、心から思う。

「志帆、志帆……志帆……――」

　何度も名を呼ぶ彼は、まるで志帆が自身の腕の中にいることを確かめているようだ。

　くりくりと乳首を転がしていた大地は、志帆の身体をふたつに折り曲げた。膝の裏を押さえ、媚肉を抉ってくる。

「大地さ……ぁあっ」

　体勢の変化は、志帆を限界まで昂ぶらせ、快楽の頂点へと押し上げていく。ぞくぞくと悪寒に似た感覚に犯され、熱の塊を突き込まれるほどに肉筒が悲鳴を上げた。

　身体が総毛立つ。自らの限界を悟った志帆が、無意識に首を振って訴えた。

「い、く……いっちゃ……っ」

　強い絶頂感に身震いする。胎の奥が煮え滾《たぎ》り、粘膜が焼き切れてしまうのではないかと思うほどの喜悦に支配される。

「なら、一緒、に……ッ」

　唸《うな》るように言うと、大地の動きが苛烈になった。骨が軋むほど打擲され、そのたびに胎内が渦を巻くようにうねっている。彼自身が自分の中に出し入れされる淫靡《いんび》な光景は、快楽の大きな糧となって志帆を苛んだ。

　目を逸らしたいのに逸らせない。大地が愛しくてたまらず、彼にされるすべてのことを心と身体に刻みつけたかった。

「ア、アッ……ふ、っ、ぁああ……ッ」

淫窟がびくびくと収斂《しゅうれん》し、視界が一瞬真っ白になる。汗が噴き出て止まらず、心臓は全力疾走後のように激しく拍動している。

力が入らず、ぼんやりと大地を見上げる。すると、まだ収まりのつかない彼は、志帆の膝裏から手を退け、腰を抱き込んできた。

「志帆……もう少し、だけ……っ」

ひどく切迫した声をかけられると同時に、何度も腰をたたきつけられる。どんどん肉槍の体積が増えていき、絶頂したばかりの蜜孔を圧迫する。

「あ……ぁあああっ」

精を搾《しぼ》り取ろうとするかのように、媚肉が彼自身を圧搾した。志帆は呼吸すら忘れるくらい大きな悦楽に襲われて、意識を保っていることすらままならない。

「っ、く……！」

自身を蜜壁に絞り上げられた大地は息を詰め、眉根を寄せて吐精する。

数度腰を振り、皮膜に白濁を最後まで注ぎ込むと、胴震いした彼がずるりと雄茎を引き抜いた。その感覚にすら感じてしまい、全身が痙攣している。

大地は力なく肢体をシーツに投げ出している志帆を抱きしめた。愛しげに頬や額に唇を寄せ、甘く囁く。

「愛してる、志帆」

「わたしも、です……」

何度伝えても伝え足りない。きっと一生、彼から愛を囁かれ、自分も伝えていくのだろう。それは願いではなく確信だ。そう言いきれるほどに、ふたりは信頼関係を築くことができた。

互いに汗に濡れた肌を重ね合わせ、ぬくもりを感じ合う。志帆は彼と共に過ごす喜びに身を浸し、笑みを浮かべていた。

エピローグ

一年後――。

いつもよりも少しだけ豪華な食事を作った志帆は、満足げに部屋を見まわした。

（もうすぐ大地さんも帰ってくるかな）

今日は、志帆の誕生日だ。レストランで食事をしようと彼は言ってくれたが、家で過ごすことを提案した。昨年の誕生日にあった出来事を払拭するためでもある。

結婚して半年は、リビングにあるのは結婚写真一枚だった。だが今は、大地とふたりで撮ったたくさんの写真が飾られている。

長期休暇で旅行に行ったときのものや、近場にドライブへ出かけたときの写真。どれもこれも、楽しい思い出ばかりが詰まっている。

毎日幸せは増えていく一方だ。昨年の今日を思い出しても心が痛まないくらいに、大地と愛を育んでいた。

（あ……）

幸福を噛み締めていると、玄関で鍵が開けられた音がする。そちらへ向かおうとすると、それよりも早く大地がリビングに入ってきた。

「ただいま、志帆」

「おかえりなさい……って、すごい花束ですね……！」

大地は両手で抱えきれないほどの薔薇の花束を持っていた。芳醇《ほうじゅん》な香りがリビングに広がり笑みを浮かべると、彼にそれを差し出される。

「誕生日おめでとう」

「ありがとうございます……嬉しいです。花瓶を用意しますね」

「俺が用意するから、きみは座っててくれ。今日は主役なんだから」

仕事を終えて帰ってきたばかりだというのに、大地は動くことを厭わずに棚から手早く花瓶を取り出している。

特別な日でなくとも彼は家事に積極的だが、つい先日、志帆の妊娠が発覚したことも影響しているだろう。

妊娠したことを伝えたときの大地は、これ以上ないほど喜んでくれた。あの日の彼の表情は、一生忘れることはないと断言できる。

まだ体調や体型に大きな変化はないが、大地はいっそう過保護に志帆に接するようになった。

人前であってもそれは変わらない。ふたりで志帆の実家へ報告に行ったときも、そばから離れずにエスコートしてくれた。『今からこう心配性だと子どもが生まれたあとはどうなるのか』と、両親が笑っていたほどである。

従兄弟の義也にも、同じ日に報告している。鷲宮家を訪れた義也は、志帆のおめでたの報告を聞くと瞳に涙を滲ませて祝福してくれた。そして、その場にいる全員に自身の婚約を告げ、実家ではその日みんなでお祝いの食事をしている。

「そういえば、きみに報告がある」

花瓶に薔薇を活けた大地は、志帆とともにテーブルの椅子に座った。どことなく気恥ずかしそうな表情をされ、首を傾げる。

「なんですか?」

「……今日、父がわざわざオフィスまで来てこれを置いていった」

大地はビジネスバッグから書店の袋を取り出し、中を開けて見せた。入っていたのは、数冊の育児書だ。彼は、もうひとつ可愛らしくラッピングされた箱を手に取り、志帆に差し出した。

「誕生日プレゼントだそうだ。何を贈ればいいかわからないから菓子にしたと言っていた」

「嬉しいです。今度お礼をしないといけませんね」

大地と同じように不器用な義父は、プレゼントを口実に息子に会いに行ったのだろう。彼らはけっして仲がいいというわけではないが、志帆の妊娠を契機に以前よりは会話が増えているようだ。

「育児書もお菓子も、悩んでプレゼントしてくれたんでしょうね」

「そうだな……あの人は、人に贈り物をする人間じゃなかったからな」

彼の言葉は厳しいが、声は優しい。きっとこの親子は、これからも距離感を測りながら付き合っていくのだろう。

「大地さんもお義父さまも、生まれるのを楽しみにしてくれてるんだってわかります。子どもにも伝わっているんじゃないでしょうか」

「そうだといいな」

大地はふと微笑むと、志帆を見つめた。

「俺は志帆と同じくらい子どもも大切にしていく。これまで以上に仕事も頑張るつもりだ」

彼の念願だった省庁の事業について、無事入札で勝つことができた。正式に受注が決まり今は大事な時期だったが、『志帆と子どものほうが大事だ』と、時間を作って寄り添ってくれている。

「あまり無理はしないでくださいね？」

「わかってる。でも、不思議なことに今は自分が無敵になった気がしているんだ。きみがいて、子どもがいて……誰も信じられずに、野心だけで動いていたときよりもずっと、幸せで満たされている」

この幸せを守るためなら、なんでもする覚悟だと大地は言う。

穏やかな、しかし、固い決意を聞いた志帆は、笑顔で頷いた。

来年の今ごろはひとり増えた家族とともに、誕生日を祝うのだろう。

まだ見ぬ未来だが、たやすく想像できる。愛する夫の笑顔に、確信を抱く志帆だった。

夫婦恋愛

～野心家社長は最愛妻ともう一度恋をする～

番外編

Sui Mikuriya
presents

「本日は、僕たちのためにお集まりいただきありがとうございます」

幸せそうに花嫁と寄り添い、出席者に挨拶をする花森義也《はなもりよしや》を、大地《だいち》はどこか安堵した気持ちで眺めていた。

今日は志帆《しほ》と一緒に、花森邸で開かれたホームウェディングに出席している。親しい人たちだけを招いた式にしたいという新郎新婦の意向により、アットホームな雰囲気のパーティになっていた。

立食形式で各々が談笑する中、子どもたちの笑い声が聞こえる。書道教室に通っている生徒も招いたようで、先ほどから志帆に寄ってきては挨拶をしている。

「義也くん、すごく嬉しそうですね」

従兄弟の挨拶を聞いた志帆は、ひときわ感慨深そうだった。家族同然の付き合いをしてきた義也の門出は、彼女にとっても喜ばしいのだろう。

「四之宮《しのみや》さん、志帆。来てくれてありがとう」

「おめでとう、義也くん」

声をかけてきた従兄弟に志帆は心の底から喜び、祝辞を述べている。その姿を穏やかな気持ちで眺めていると、義也がちらりと大地を見遣った。

「四之宮さんとふたりで話したいんだけどいいかな？」

「わたしは構わないけれど……内緒話？」

「まあ、そんなとこ。いいですか？　四之宮さん」

「ええ、もちろんです」

「よかった。志帆は、僕の奥さんと話しててくれる？」

義也が少し離れた場所にいるパートナーに目配せすると、彼女は小さく頷いた。花嫁が歩み寄ってくるのを見た義也は、大地を促して庭に出る。

「花森さん、おめでとうございます」

先に声をかけたのは大地からだった。

義也の用件は見当がつかないが、緊張や不安はない。以前はこの男と志帆の仲に嫉妬し、華々しい経歴を妬みもしたが、それはもう過去のこと。今はまったく含むところはない。

ふと視線を下げた義也は、「お詫《わ》びがしたかったんです」と苦笑した。

「僕は、あなたにずいぶんきつく当たっていた。志帆を守るという使命感に駆られたとはいえ、申し訳ありませんでした」

「……俺が信用してもらえる人間ではなかったのは事実です。気にしないでください」

それは大地の本心だった。自分の育ってきた環境とまったく違う義也に対し、苦手意識があった。志帆の一番近くにいる異性ということもあり、負けたくない、と、くだらない対抗心に囚われていた。

「志帆が、花森さんの結婚をとても喜んでいました。……奥さんとも話したそうですが、とてもいい方だと」

「そうですね。僕にはもったいない人です」

自身の妻の話に及ぶと、義也の表情が穏やかになる。

「あの人は、僕がいなくても幸せになれる。でも、僕は彼女とじゃないと幸せになれない。そう思わせてくれた女性なんです」

「惚気《のろけ》ですか」

「結婚式ですし、大目に見てください」

冗談めいた口調で言う義也に、大地は内心で驚いた。この男とふたりきりでこれほど和やかに話したことなど今までにない。互いに変わったのだと感じるには充分だった。

「俺は、花森さんに嫉妬していたんですよ。志帆の信頼を得ていて、家柄もいい。しかも新進気鋭の書道家でイケメンときている」

大地は、今まで義也に明かしていなかった本音を初めて口にした。もちろん、今はもうそんなことなど思っていないことを付け加える。

「花森さんへの俺の態度も、かなり悪かったと思う。申し訳なかった。ずっと言わなければいけないと思っていたが、なかなか機会がなくて」

「僕は、四之宮さんがそう考えているなんて夢にも思いませんでしたよ。あなたこそ、誰の力も借りずに社長の地位に就いて、会社を大きくしている。僕は、四之宮さんみたいな逞しい生き方に憧れがありました。ないものねだりなんですけどね」

意外な想いを明かし終えたふたりは、顔を見合わせて笑った。

こうして本音を言い合えるようになったのは、互いに妻の影響もあるのだろう。

かつて義也に感じていた劣等感はすでになく、今はただ、志帆の——愛する妻の従兄弟に対する祝福だけが心の中に広がっている。

「今度、奥さんとうちに遊びにきてください。志帆も喜びます」

「ええ、ぜひ」

義也に手を差し出されしっかりと握り返すと、志帆が笑顔で歩み寄ってくる。

大地は愛しい妻に微笑み返し、男同士の内緒話を終えたのだった。

あとがき

はじめまして。もしくは、お久しぶりです。御厨翠《みくりやすい》です。

このたびは、拙著を手に取ってくださりありがとうございます。

ヴァニラ文庫ミエルから六冊目の刊行となる本作は、わりとしっとりとした物語になりました。

ヒロインは事故に遭って記憶を失い、目が覚めたら見知らぬ男性（ヒーロー）から夫だと言われて驚きます。そこから夫婦で恋愛を始める話です。

本作の登場人物たちは、みんな何某かの後悔を抱えています。自尊心を守るために人を傷つけてしまったり、過去の出来事に囚われて足踏みしていたり……。他人から見たら些細なことであっても、本人にしてみれば人生を左右するものだったりします。

それぞれ悩み、迷い、不器用に歩み寄り、恋をする主人公たちです。お楽しみいただければ幸いです。

イラストは、ヴァニラ文庫ミエルから以前出させていただいた『お見合いだけど相思相愛⁉』に続き、八千代《やちよ》ハル先生がご担当くださいました。原稿が揃わない中、作品のイメージどおりの主人公ふたりを描いていただき大変ありがたく思っております。本作をご担当くださったこと心より感謝いたします。（先生のイラストも漫画も大好きです！）


ここからは謝辞を。

本作に携わっていただいた担当さま、版元さま、本当にありがとうございました。

そして、作品をお手に取ってくださった皆さまにお礼申し上げます。

ここ数年、自身や家族の病気療養が続き、思うように作品が書けず苦しい日々でしたが、お手紙や書店へのレビューを拝見し、創作への意欲をいただきました。深謝いたします。

それでは。またどこかでお会いできる日がくることを願っております。

令和四年七月刊　御厨翠

夫婦恋愛

～野心家社長は最愛妻ともう一度恋をする～

Vanilla文庫 Miel

2022年7月5日　第1刷発行　　定価はカバーに表示してあります

著　者　御厨 翠　

装　画　八千代ハル

発行人　鈴木幸辰

発行所　株式会社ハーパーコリンズ・ジャパン
東京都千代田区大手町1-5-1
電話　03-6269-2883（営業）
0570-008091（読者サービス係）

印刷・製本　中央精版印刷株式会社

Printed in Japan ©K.K.HarperCollins Japan 2022 ISBN978-4-596-70985-1